# Todo BDSM

## Entrada Trasera

## Erika Sanders

Todo BDSM
Entrada Trasera


Erika Sanders


Todo BDSM

# Sinopsis

Consta de las siguientes novelas:
Entrada Trasera
Estrecho Agujero Trasero
Descubriendo la Entrada Trasera
Arriesgada Apuesta Trasera

**Todo BDSM** es una serie de novelas de fuerte contenido erótico BDSM y, a su vez, pertenecientes a la colección **Dominación y Sumisión Erótica**, una serie de novelas de alto contenido BDSM romántico y erótico..

(Todos los personajes tienen 18 años o más)

# Nota sobre la autora:

Erika Sanders es una conocida escritora a nivel internacional, traducida a más de veinte idiomas, que firma sus escritos más eróticos, alejados de su prosa habitual, con su nombre de soltera.

# Indice

# TODO BDSM
# ENTRADA TRASERA
# ERIKA SANDERS

# ENTRADA TRASERA


11

# PRIMERA PARTE
# SORPRESA DE ANIVERSARIO

13

# CAPÍTULO I

Eran las mejores amigas en la escuela secundaria. Y siguieron siendo mejores amigas desde entonces.

A pesar de que eran adultos que vivían en la gran ciudad, con sus propias carreras y sus propias vidas ocupadas, todavía tenían tiempo para reunirse al menos una vez a la semana en un café del centro, donde compartían actualizaciones sobre sus vidas.

Todavía estaban vestidas con su ropa de oficina mientras conversaban mientras tomaban café.

"Entonces, se acerca mi quinto aniversario", dijo Lesley, refiriéndose a su matrimonio con Rob.

Marlene agudizó la mirada. "Sabes, 5 años es un gran problema, especialmente hoy en día. Sabes lo que eso significa, ¿no?"

"¿Qué?"

"Significa que tendrás que conseguirle algo extra especial esta vez, y viceversa también".

Por supuesto, Marlene era la autoridad en esto. Trabajaba para un sitio web de citas y era casamentera profesional. También fue terapeuta de relaciones y consejera matrimonial.

No importa cuán dudosa le pareciera a Lesley la carrera de Marlene, no había duda de que era efectiva. Marlene tenía una gran reputación por unir a las personas y hacer que las relaciones difíciles funcionaran. En la gran ciudad donde vivían, la gente estaba más que dispuesta a pagar mucho dinero a Marlene por su orientación.

"En este punto, es difícil conseguir algo bueno para Rob", se quejó Lesley. "Es una persona discreta y ya tiene todo lo que quiere".

"Entonces haz algo especial. Prepárale una gran comida. Hazle una fiesta sorpresa. Cualquier cosa".

"Desafortunadamente, Rob es un cocinero mucho mejor que yo. Y odia las fiestas sorpresa. Piensa que son infantiles".

"El buen sexo siempre funciona", dijo Marlene en tono de broma, tomando un sorbo de su café. "Los hombres siempre aprecian una buena mamada siempre que sea posible".

Lesley se sonrojó, "Dios, mantenlo bajo, ¿quieres?"

"Mira, todo lo que digo es que 5 años es un gran problema. Especialmente en estos días. Es posible que quieras pensar en algo especial".

"Está bien."

"Siempre tengo razón", Marlene guiñó un ojo.

# CAPITULO II

El consejo en sí no estaba mal. Lesley pensó en ello de camino a casa. Mientras se desvestía en su dormitorio, se dio cuenta de la mujer afortunada que era.

Estaba casada con un gran tipo, tenía un gran trabajo y tenía un maravilloso grupo de amigos en quienes confiar. A los 33 años, le estaba yendo bien.

Pero, ¿qué le iba a regalar a Rob por su quinto aniversario? Ya tenía todo lo que quería. No era un tipo quisquilloso. Era sencillo en su gusto. Trabajaba como vendedor de seguros y en su tiempo libre disfrutaba de los deportes y de salir con sus amigos. Eso fue todo.

Normalmente, a Lesley le encantaba el hecho de que él fuera tan poco exigente, porque le daba más tiempo para concentrarse en sus necesidades.

Ahora, más que nunca, quería hacer cosas sobre él. Ella quería complacerlo. Y estaba decidida a hacer que su matrimonio durara.

Se miró en el espejo del dormitorio. Todavía se mantenía en buena forma. Era una atleta en la escuela secundaria y la universidad, pero desde que se convirtió en una oficinista, fue más difícil mantener la misma forma. Había engordado unos cuantos kilos alrededor de las caderas y los muslos. La mayoría de la gente no lo habría notado, pero ella siempre fue consciente de su apariencia y llevaba un registro de cada cambio que hacía su cuerpo.

Es hora de reducir algunos carbohidratos, pensó.

De lo contrario, se veía genial.

Se deslizó en su ropa de casa cómoda e informal: pantalones de chándal y una camiseta grande . Con el gran aniversario acercándose, era hora de ser una buena ama de casa y preparar la cena.

# CAPÍTULO III

El trabajo fue interesante al día siguiente. Lesley trabajaba para una agencia de publicidad mediana, donde pudo hacer un trabajo que amaba. Le encantaba colaborar con sus colegas y ser creativa.

Pero en el fondo de su mente, todo lo que podía pensar era en su próximo aniversario y en la conversación que había tenido con Marlene.

Con todo adelantado en la oficina, Lesley aprovechó su tiempo de descanso para ir al baño privado y llamar a su mejor amiga. Un consejo gratuito sobre relaciones siempre era bienvenido.

Después de todo, si Lesley tenía razón, sabía que Rob debía haber estado planeando algo especial por su cuenta. Era fácil hacer algo especial para Lesley. Tenía muchas cosas que disfrutaba, incluidas fiestas sorpresa, cenas elegantes y, por supuesto, joyas caras.

Los regalos de aniversario eran algo que Rob nunca olvidaba. Cada año, se aseguraba de regalarle algo muy bonito. Cada año, siempre lograba superar el regalo del año anterior, razón por la cual Lesley tuvo que pensar en algo muy especial.

Entró al baño e hizo la llamada usando su marcación rápida. Afortunadamente, Marlene también tenía tiempo libre y conversaron brevemente antes de ir directamente al grano.

"Creo que tienes razón", dijo Lesley, sentada en el baño con el teléfono en la mano. "Algo romántico es probablemente la mejor idea".

"Ahora lo estás consiguiendo. Bien por ti".

"El problema es que no tengo ideas".

"¿Qué hay de los atuendos sexys? Ya sabes, lencería, sujetador transparente y bragas, ese tipo de cosas".

"A Rob no le gustaría eso", respondió Lesley. " Cada vez que compro algo sexy, quiere que me lo quite lo más rápido posible. Simplemente le gusta la desnudez".

"¿Qué tal el juego de roles? Hay muchos escenarios candentes".

"Demasiado pegajoso".

"¿Sexo oral?" preguntó Marlene. "¿Dónde estás con eso?"

"No hay problemas allí".

"¿Tragas?"

"Es prácticamente un hábito", respondió Lesley con un toque de vergüenza. "Ahí está el problema, parece que hemos cubierto todas las bases".

"¿Qué pasa con el sexo anal?"

La pregunta detuvo a Lesley en seco. Ella se quedó estupefacta por un momento y en un estado de leve incredulidad. sexo anal? ¿Era esa realmente la respuesta? Marlene era la experta y lo mencionó por una razón.

"Nunca hemos hecho eso", respondió Lesley.

Debe haber habido algo en la respuesta de Lesley, porque el tono de su voz llamó la atención de Marlene.

Después de todo, Marlene era una mujer especializada en citas, relaciones y sexo. Ella hizo una carrera exitosa a partir de eso, que no mucha gente puede hacer.

"¿Alguna vez has experimentado con anal antes?" preguntó Marlene en un tono sugerente. "Quiero decir, sin Rob. ¿Lo has hecho con compañeros anteriores antes?"

Como mejores amigas, Lesley y Marlene han discutido su vida sexual antes, por supuesto, pero nunca con tanto detalle. El nivel de detalles estaba empezando a hacer que Lesley se sintiera incómoda, pero no podía quejarse. Después de todo, ella fue quien pidió el consejo gratuito.

"Nunca antes había tenido sexo anal".

"¿Ni siquiera un dedo?"

"He tenido un dedo", admitió Lesley. "Nada mas."

"¿De verdad cuando?"

"¿Algún tipo con el que salí brevemente en la universidad?"

Marlene se sintió intrigada. "¿De verdad, la universidad? ¿Quién era? ¿Mark? ¿Dave?"

"Eso no es importante en este momento", respondió Lesley, sacudiendo la cabeza. "Lo importante somos Rob y yo".

"Creo que hemos encontrado tu respuesta".

"¿Sexo anal?"

"Sí."

"¿Sexo en mi trasero?" Lesley volvió a pedir confirmación.

"Eso es más o menos lo mismo".

"¿Y cómo se supone que funcionará eso para nuestro aniversario? ¿Debería abrir mi trasero y decirle que es hora de follar?"

"Ese es un buen comienzo".

"Estaba siendo sarcástica", suspiró Lesley.

" Bueno , fue una buena idea, no obstante."

"Hablo en serio, Marlene".

"Yo también. Esto no tiene que ser ciencia espacial. A los hombres les encanta el sexo. A veces, es así de simple. Ponte lencería sexy, dale una mamada caliente y ofrécele tu virginidad anal. Te garantizo que Rob se enamorará de nuevo. Diablos, incluso podría casarse contigo de nuevo".

Lesley se quedó en silencio por un momento. Su mejor amiga tenía razón, sin importar cuán lascivo pareciera ser.

"Lo pensaré", dijo Lesley.

"Hay algo que todavía no me has dicho".

"¿Qué es eso?"

"¿Rob alguna vez ha pedido sexo anal?"

"Nunca", respondió Lesley.

"¿Crees que lo quiere? Quiero decir, ¿alguna vez te ha masajeado el trasero? ¿Halaga tu trasero? ¿Mira tu trasero fijamente?"

"Sí, a todo lo anterior. ¿Crees que eso es una señal de que secretamente quiere tener sexo anal conmigo?"

"Podría ser", dijo Marlene. "Tal vez lo quiera, pero es demasiado tímido para pedirlo".

"No lo sé. Si Rob quisiera sexo anal, lo habría pedido".

"Tal vez no quiere asustarte. O tiene miedo de que pienses que es una especie de pervertido".

Lesley asintió. "Quizás".

Ahora la última pregunta, que tampoco has mencionado.

"¿Qué es eso?"

"¿Alguna vez has fantaseado con el sexo anal antes?"

Dios, era una buena pregunta. Una cuya respuesta Lesley supo instantáneamente, aunque le daba un poco de vergüenza discutirlo, incluso con su mejor amiga de todas las personas.

" Claro que sí", admitió Lesley. "No recientemente. Pero se me ha pasado por la cabeza. Creo que se le ha pasado por la cabeza a todas las chicas en algún momento".

"Entonces, ¿qué te ha estado deteniendo todos estos años?"

"¿Qué opinas?"

"Dime".

"No es complicado", respondió Lesley. "Para decirlo sin rodeos, las pollas son grandes, los culos son pequeños. En mi caso, diminutos. Es así de simple. Por eso he dado el paso. No soy de goma. Soy un ser humano".

"Cariño, muchas mujeres en estos días tienen sexo anal. Y muchas mujeres lo disfrutan, mucho".

"¿Incluyéndote?"

"Definitivamente yo".

Lesley sonrió, "Me imagino".

"¿Por qué?"

"Pareces del tipo de sexo anal. Sin ofender".

"Ninguna ofensa", respondió Marlene. "El dolor vale la pena el orgasmo".

"¿Realmente se siente tan bien?"

"Podría decírtelo. O podrías experimentarlo tú misma, en tu aniversario con Rob".

Lesley hizo una pausa por un momento. "¿Cómo sabré si esto es adecuado para mí?"

Sólo hay una forma de averiguarlo: preguntárselo a él.

# CAPÍTULO IV

Esa noche. Con su aniversario a solo unos días de distancia, Lesley hizo todo lo posible por ser la esposa perfecta.

Llevaba un bonito vestido y preparó la cena con una receta que había aprendido en línea. Naturalmente, la comida no salió muy bien, pero al menos lo intentó.

Después de relajarse en el sofá frente al televisor, finalmente era hora de ir a la cama.

Se besaron apasionadamente y Lesley se desabrochó la espalda del vestido. Mientras se preparaban para hacer el amor, el tema del sexo anal estaba continuamente en su mente. Era todo lo que podía pensar mientras se besaban.

No quería estropear la sorpresa, pero tampoco podía evitarlo. Solo tenía que saber si Rob pensaría que es una buena idea o no. El peor de los casos sería ofrecerle sexo anal en su noche de aniversario, solo para que él se disguste. Entonces sería demasiado tarde. La noche estaría arruinada.

Así que tenía que preguntar ahora. Terminó el beso y miró a su marido directamente a los ojos.

"He estado pensando", dijo ella. "Se acerca nuestro quinto aniversario, como probablemente ya sabías".

"¿Como podría olvidarlo?"

"Entonces, ¿por qué no hacer algo especial?"

Rob sonrió, "¿Algo en mente?"

Era el momento de la verdad, y ella trató de parecer lo más confiada posible cuando hizo la propuesta.

"¿Quieres probar el sexo anal en nuestra noche de aniversario?"

Sus ojos estaban fijos en el rostro de su esposo, esperando cualquier signo de reacción para poder analizarlo. Quería conocer todos sus pensamientos y su apertura a una nueva aventura sexual.

Efectivamente, a través de los sutiles cambios en el rostro de Rob, parecía que estaba interesado en la idea, y Lesley sintió una extraña sensación de alivio, como si hubiera encontrado el regalo perfecto para su aniversario.

"Anal, ¿eh? Eso suena interesante. ¿Has hecho esto antes?"

Ella sacudió su cabeza. "No, nunca lo he hecho".

"¿Ha sido esto algo que has querido por un tiempo?"

"Larga historia", respondió ella. "Pero algo así".

Continuó sonriendo, "¿Por qué esperar? Te ves hermosa con ese vestido rojo y ambos estamos de humor. ¿Por qué no lo hacemos ahora?".

"¿Ahora?"

Mierda, pensó.

No estaba ni mental ni físicamente preparada. Pero ¿cuál es el problema? Si Marlene podía hacerlo tan fácilmente, también Lesley. Como había mencionado Marlene, muchas mujeres lo hacen hoy en día.

Era hora de dejar de ser una cobarde y finalmente perder su virginidad anal.

"Traeré la vaselina ", dijo con una sensación de autodesafío.

"¿Estás segura de que quieres hacer esto? Te ves tan... inquieta".

"Estoy bien. Créeme, estoy bien".

Él frotó sus hombros. "Estoy de acuerdo con, ya sabes, sexo regular. No tenemos que hacer esto si no te sientes cómoda".

Lesley dio un paso atrás y dejó caer su vestido rojo al suelo.

"Lo digo en serio. Estoy bien".

Estaba casi en modo robótico cuando agarró un pequeño recipiente de vaselina cercano y se lo entregó a su esposo. Luego se bajó las bragas y se inclinó sobre la cama.

El estado de ánimo de repente se sintió frío y poco romántico, como si estuviera en el consultorio de un médico preparándose para un examen de próstata. Mientras esperaba en posición inclinada, se dio cuenta de que su esposo debía haberse quedado estupefacto por la incomodidad y que ella se había olvidado de ser seductora en su primera aventura anal.

Pero ya no importaba. Rob tenía el lubricante. Y su trasero desnudo apuntaba hacia afuera, listo para usarse.

El sonido de la tapa de vaselina abriéndose la puso más nerviosa de lo que esperaba. En el fondo, sintió los mismos nervios que cuando perdió la virginidad. Y en muchos sentidos, era lo mismo. Estaba perdiendo su virginidad otra vez, excepto que esta vez, era la virginidad en su trasero.

Una conmoción recorrió su espalda cuando sintió el dedo índice cubierto de vaselina de Rob empujando dentro de su trasero.

"¡Ay!" ella jadeó.

El dedo de Rob inmediatamente se alejó de su trasero.

"¿Estás bien?"

"Estoy bien."

"¿Quieres seguir adelante?" preguntó.

" Por supuesto que sí".

Rob lo intentó de nuevo, esta vez un poco más suavemente. Empujó su dedo índice hacia atrás en su trasero, y fue la sensación sexual más incómoda que Lesley jamás había sentido.

Era tan antinatural e incómodo tener un dedo lubricado en su trasero. Peor aún, se sentía poco sexy.

Cuando Rob empujó su dedo hasta el fondo, los dedos de los pies de Lesley se curvaron en el piso de la alfombra y su cuerpo se tensó.

"Sácalo", ordenó.

Rob apartó el dedo y le dirigió a su esposa una mirada de preocupación, mientras ella se erguía.

"Probablemente fue una mala idea", dijo.

"No, es una idea decente. Es solo que no estoy preparada para eso en este momento. Eso es todo. Podemos intentarlo de nuevo más tarde, en la noche de nuestro aniversario".

Rob parecía confundido. "¿Quieres intentarlo de nuevo?"

"¿Por qué? ¿No te gusta?"

"No lo sé. Ni siquiera lo hemos hecho. Pero te veías tan incómoda cuando mi dedo estaba en tu trasero".

Por alguna razón, eso solo hizo que Lesley se sintiera más decidida a tener sexo anal con su esposo. Tal vez fue porque sería la primera vez para ambos . Sería como perder la virginidad juntos. Su polla en su trasero. Qué pensamiento tan romántico, de una manera muy extraña.

"Entonces está resuelto", sonrió. "Sexo anal en nuestra noche de aniversario".

"Lo digo en serio, Lesly, no tenemos que hacer esto".

"Y lo digo en serio también. Estamos haciendo esto. Solo necesito un poco más de tiempo. Mientras tanto, hagamos el amor de la manera adecuada".

Se abrazaron y se besaron.

Lesley estaba decepcionada consigo misma por no poder seguir adelante. Se consideraba una mujer fuerte con vocación profesional que podía superar cualquier obstáculo, pero ¿anal? Eso era algo fuera de su ámbito.

Definitivamente tampoco quería confiar en Rob, porque eso podría ser peligroso. De ninguna manera iba a confiar su pequeño y delicado ano a un hombre sin experiencia con una polla semi-grande. Eso estaba fuera de discusión.

No. Lo que necesitaba era un experto. Alguien que supiera qué hacer en una situación crítica como ésta.

Por suerte, sabía a quién llamar.

# SEGUNDA PARTE
# SEXY EXPERTA MEJOR AMIGA

# CAPÍTULO V

Al día siguiente en la oficina, la mente de Lesley estaba consumida por su vida sexual. Todo lo que podía pensar era en sexo. Y si realmente podría seguir adelante con ser tomada por el trasero.

Mientras estaba en su escritorio, le envió un mensaje de texto a su mejor amiga sexualmente experta. Cuando Marlene estuvo libre para conversar por teléfono, Lesley se dirigió al baño para tener un breve momento de privacidad.

Después de hacer la llamada y sentarse en la tapa del inodoro, Lesley soltó todos los detalles. Le contó a Marlene sobre la breve conversación con Rob, su disposición y el dedo que se metió en su trasero. Le contó a Marlene todos sus sentimientos con respecto al asunto personal.

"¿No veo cómo una mujer normal podría manejar eso?" Lesley se preguntó.

"Estamos en 2022, cariño, a muchas mujeres les gusta eso".

"Estoy segura de que es solo para complacer al chico".

"Espera", dijo Marlene. "Déjame enviarte un enlace. Míralo y luego llámame".

"¿Es porno?" preguntó Lesley, conociendo a su mejor amiga.

"En realidad, lo es".

"¿Va a poner un virus en mi teléfono o algo así?"

"Dudoso. Miro ese sitio porno todo el tiempo en mi teléfono, mientras se supone que debo estar trabajando, y mi teléfono está bien".

Lesley suspiró, "Envíalo".

"Llámame cuando hayas terminado de mirar".

Lesley esperó el enlace. Era aburrido y solitario estar sentada en el baño esperando un enlace porno. Fue una triste reflexión sobre el estado de su vida personal.

Finalmente, llegaron tres enlaces.

Lesley abrió el primero, que era un enlace a un sitio porno. El video era un breve clip hecho profesionalmente que mostraba a una mujer siendo follada en su ano por una enorme polla. Lo avanzó rápidamente, viendo solo las partes principales.

El segundo video tenía el mismo contenido.

El tercer video era muy parecido.

Sintió un poco de vergüenza sentada en el cubículo del baño, con su atuendo de oficina, viendo pornografía en su teléfono, cuando se suponía que debía estar trabajando. Solía quejarse cuando los hombres lo hacían, ahora ella estaba haciendo lo mismo. Al menos tenía una razón legítima para ello, pensó.

Después de hojear esos clips porno, volvió a llamar a Marlene.

"¿Qué pensaste?" preguntó Marlene al contestar la llamada.

"Quiero decir mujeres normales. Estas son estrellas porno".

"¿Cuál es la diferencia?"

"Las estrellas porno son actrices", explicó Lesley. "Están hechos para el sexo. Es todo lo que hacen. Y pueden pasar todo el día poniéndose en forma y preparándose para el sexo. Soy empleada de oficina. Es diferente".

"Bien. Espera. Llámame en unos minutos. Déjame mostrarte algo más primero".

"Espera... espera..."

La llamada terminó y Lesley suspiró. Esperó pacientemente, finalmente llegaron dos enlaces de Marlene.

Lesley hizo clic en el primero. Era del mismo sitio porno, excepto que esta vez presentaba una pareja normal en lugar de estrellas porno. Lesley observó cómo un ama de casa de apariencia sencilla estaba recibiendo sexo anal en su habitación por parte de un hombre, presumiblemente su esposo.

El siguiente video fue similar. Presentaba a una estudiante universitaria de aspecto sencillo (ligeramente nerd) que tenía un orgasmo anal, cortesía de un chico del equipo de fútbol universitario.

Lesley no era ajena al porno. Ha visto material softcore en el cable con su marido. De vez en cuando, veían porno hardcore pidiéndolo a pedido para darle vida a su vida sexual.

Pero nunca antes había visto porno amateur. Era extraño ver follar a gente "normal". Era como ser un mirón en su vida sexual. Fue aún más surrealista ver los videos de esas mujeres "normales" teniendo sexo anal y amarlo absolutamente.

Lesley entendió el punto de los videos y le devolvió la llamada a su amiga.

"Está bien, lo entiendo", dijo Lesley. "Las mujeres normales también pueden hacerlo".

"Y tú eres una mujer normal, ¿verdad?"

"La última vez que revisé".

"Entonces, ¿por qué no puedes hacerlo?"

Lesley suspiró, "No tengo ni idea".

"Perdón por sonar como una perra condescendiente. Honestamente, en este punto, Rob probablemente tenga razón. ¿Tal vez intentar algo más? Pregúntale si tiene otros fetiches. Tiene que haber algo".

"Prefiero quedarme con todo el asunto anal".

El sentido de la relación de Marlene se activó. "De verdad. ¿Por qué es eso? Ahora estoy empezando a pensar que una parte de ti en realidad está deseando que llegue esto, sin importar lo mucho que intentes combatirlo".

"Creo que está caliente. Supongo que Rob también piensa que está caliente. Y, francamente, tengo un poco de curiosidad. Siempre he tenido cierta curiosidad. Es la única parte de mi cuerpo que no he explorado sexualmente. Así que sería bueno ver de qué se trata el alboroto".

"Parece que tenemos una importante misión por delante".

" ¿Así que estás dispuesta a ayudar?"

" Por supuesto que lo estoy", respondió Marlene. "No hay manera de que alguna vez me pierda esto".

"¿Alguna idea de qué hacer?"

"En realidad, tengo muchas ideas. Nunca te he dicho esto, pero también soy terapeuta sexual, además de los consejos de pareja que doy".

"Ahora no es el momento para bromas".

"Hablo muy en serio", dijo Marlene con una firmeza innegable.

Fue suficiente para convencer a Lesley. "Está bien, entonces, ¿cómo empezamos, asumiendo que puedo usar tus consejos sexuales gratis?"

"Mi pago es verte tener un poderoso orgasmo anal. En otras palabras, tengo que estar allí y participar, ¿de acuerdo?"

"¿Quieres jugar con mi culo?" Lesley preguntó con incredulidad.

"UH Huh."

"¿Es esto una especie de cosa lésbica? ¿O se basa puramente en nuestros años de amistad?"

"Ambas cosas."

Las cejas de Lesley se levantaron. "Está bien, esto no es raro en absoluto".

"Se trata de ti, ¿de acuerdo? ¿Quieres mi ayuda o no?"

Lesley tomó aire. "Quiero."

"Entonces vayamos directo al grano, ¿de acuerdo?"

"Bien. ¿Cómo procederías normalmente con esto? Quiero decir, si yo fuera un cliente, un completo extraño, ¿qué harías conmigo?"

"Depende de lo que permitas", respondió Marlene. "Tal vez me reuniría con ustedes uno a uno para un curso intensivo sobre anal. O tal vez haría una sesión de parejas, donde ayudaría a su esposo a reclamar su trasero".

"¿Tú, Rob y yo, al mismo tiempo? ¿Un trío?"

"Es una opción viable".

"¿Funciona normalmente?" Lesley preguntó.

" Siempre . Pero evalúo con cuidado. Tiene que ser la pareja correcta. Solo personas que estén sexualmente seguras consigo mismas y con su relación. Después de todo, como terapeuta y consejera sexual, lo último que quiero hacer es abrir una brecha entre la pareja. Los celos son algo muy peligroso.

"Interesante."

"¿Algún pensamiento hasta ahora?"

"Rob siempre ha bromeado sobre tener un trío. Además, sé que piensa que eres muy bonita".

"Me inclino hacia el trío por lo que veo", dijo Marlene en broma.

"Algo así como."

"Si te hace sentir mejor, técnicamente no es un trío. Recuerda, yo estaría en un papel de asistente. Eso significa que prepararía tu ano para la penetración y Rob haría el resto".

"Eso en realidad suena bastante caliente".

"Oh, lo es", respondió Marlene.

"¿De verdad estarías haciendo algo con Rob?"

"No me lo follaré, si eso es lo que temes".

"¿Y que?" Lesley preguntó.

"Como dije, prepararé tu ano. Te lubricaré y comenzaré con un ligero estiramiento. Luego, para decirlo sin rodeos, Rob te follará inmediatamente después".

"Suena... bueno... aventurero".

"Lo es", reconoció Marlene. "Pero puede que tenga que tocar un poco a Rob, si es necesario. Guiaré su pene dentro de tu ano para asegurarme de que no sea demasiado doloroso. La penetración anal requiere un pene completamente erecto, así que si no está lo suficientemente erecto , puedo tengo que estimularlo de alguna manera. Lo más probable es que con mi boca".

" ¿Así que le harás una mamada a mi esposo?"

"Solo si es necesario".

"Eso es tranquilizador".

"Oye, me llamaste. No lo olvides. Te estoy ayudando de la única manera que sé. Según mi historial, hago un buen trabajo en esto".

Lesley suspiró, "Gracias, en serio. Lo digo en serio, eres la mejor".

"No me des las gracias todavía. Puedes agradecerme después de tu primer orgasmo anal".

"Todo esto suena como la experiencia sexual perfecta para un aniversario. Pero lo admito, es muy desalentador".

"Siempre lo es. Y no es para todos".

"Me gustaría probarlo", dijo Lesley. "Estoy interesada. Realmente lo estoy".

"Tienes que ser absolutamente positivo, o de lo contrario no podemos seguir adelante. Nuestra amistad es demasiado importante. Nunca querría arruinar tu matrimonio".

"Entonces tendré que preguntarle a Rob y ver cómo se siente al respecto".

Marlene se rió, "¿Qué va a decir Rob? ¿No? Por supuesto que estará bien con esto. No me follará a mí. Te follará a ti".

"Cierto, pero aún así, mejor lo llamo y veo lo que piensa".

"Tengo una mejor idea."

"¿Cuál es?"

"Llamaré a Rob", dijo Marlene. "Arreglaré las cosas con él, entonces será como una sorpresa para ti. No quiero que te sigas estresando por esto. La primera regla del sexo anal es relajarse. Y eso incluye la relajación mental". ."

"Eso tiene sentido. Entonces , ¿vas a llamarlo ahora?"

"Sí, y necesitaré una cosa más de ti".

"¿Qué es eso?"

"Necesitaré una foto de lo que estoy trabajando", dijo Marlene. "Envíame una foto de tu trasero desnudo y una foto clara de tu ano. Ahora mismo".

"¿Quieres que empiece a hacer sexting en el trabajo?"

"No es sextear", insistió Marlene. "Es una preparación anticipada para un procedimiento médico importante y delicado que involucra su salud conyugal y su bienestar sexual".

"Marlene, es sextear".

"Llámalo como quieras. Necesito esas fotos para determinar cómo proceder con el proceso anal".

"En otras palabras, quieres saber qué tan pequeño es mi ano", aclaró Lesley en tono de broma.

"Exactamente."

"Bien", suspiró Lesley. "Lo enviaré en un momento".

"Perfecto. Mientras tanto, llamaré a Rob para arreglar los detalles. Tengo un gran presentimiento sobre esto".

" Yo también. Esta es, con mucho, la cosa más pervertida y loca que he hecho, pero por alguna razón, creo que va a funcionar".

"Eso es porque soy una experta en esto", aseguró Marlene.

Las dos amigas dijeron sus palabras de despedida y la llamada terminó.

Lesley se levantó del asiento del inodoro y se miró largamente en el espejo. Nunca antes se había tomado fotos desnuda, pero si alguna vez había una buena razón para hacerlo, era esta.

Se quitó la falda y las bragas de la oficina y las colocó sobre un mostrador. Estaba de pie solo con su blusa abotonada y sus zapatos. Estaba desnuda de cintura para abajo. Hablando de moda, era una combinación muy extraña verse así, especialmente en el baño de la oficina de todos los lugares.

Después de darse la vuelta, su trasero miró hacia el espejo y también apuntó la cámara de su teléfono al espejo. Tomó una instantánea del reflejo de su trasero, y oficialmente fue la primera foto desnuda que había tomado.

Luego vino la imagen más incómoda. Pensó en cómo iba a tomar una foto de su ano y luego se le ocurrió la solución. Se agachó y puso el teléfono entre sus piernas, debajo de su cuerpo. Una vez que estuvo en la posición correcta, tomó la instantánea.

Se puso de pie y miró la imagen de su ano. Era la primera vez que lo veía tan claramente. Observó el color marrón claro, la forma y las líneas de su ano. Definitivamente se veía diminuto, y tomar la polla de Rob allí iba a ser un desafío. Por suerte, Marlene sabía qué hacer.

Lesley le envió un mensaje de texto con las imágenes explícitas a Marlene y, de repente, la situación pasó a un nivel completamente nuevo.

# CAPÍTULO VI

Esa noche, mientras Lesley y su esposo se acurrucaban frente al televisor, todo lo que podía pensar era en la follada anal que pronto recibiría y cómo se sentía Rob al respecto.

Incluso con toda la acción en Game of Thrones, que es el programa de televisión favorito de Rob, Lesley seguía preguntándose las mismas cosas. Sobre todo porque ni Rob ni Marlene habían mencionado nada. Lesley se preguntó si Marlene había llamado a Rob o no. Sólo había una manera de averiguarlo.

"¿Te llamó Marlene hoy?"

"Sí", dijo Rob con un tono inusualmente tímido.

"¿Y?"

"Y creo que te espera un regalo especial", dijo con una leve sonrisa, que claramente estaba tratando de contener.

Lesley estaba medio enojada porque la estaban dejando en la oscuridad con respecto al resultado de su propio trasero. Necesitaba respuestas y estaba claro que ni Rob ni Marlene se las darían.

"¿Puedes al menos darme una vista previa? ¿Qué debo esperar?"

"Prometí que no lo diría".

"¿Estás absolutamente seguro de eso?" Lesley dijo con una voz exageradamente seductora, como si fuera a funcionar.

"Soy absolutamente positivo".

Lesley volvió a hacer una voz sexy. "¿Por favor, cariño? Haré eso con mi lengua. Todo lo que tienes que hacer es darme una pista".

"Puedo esperar", sonrió. "Solo confía en mí en esto. Marlene tiene algo especial guardado para nosotros".

"¿Tú crees?" Lesley respondió con su voz normal.

"Lo creo. Me dio varios consejos por teléfono. Y me dijo lo que planea hacer contigo. Sinceramente, creo que esto agregará algo especial a nuestra vida sexual. Algo que nunca antes habíamos hecho".

Fue intrigante por decir lo menos. En el fondo, un poco de celos entraron en acción.

"¿También te la vas a follar?" Lesley preguntó en un suave tono femenino.

Él palmeó su muslo. "Por supuesto que no. No seas tonta".

"Entonces, ¿cuál es el gran secreto?"

"Lo descubrirás muy pronto", respondió, y luego señaló la televisión. "Te estás perdiendo las mejores partes".

Con eso, Rob volvió a centrar su atención en la televisión. Mientras tanto, Lesley mantuvo su enfoque mental en su trasero que pronto estaría dolorido.

# TERCERA PARTE
# PRIMERAS VECES

41

# CAPÍTULO VII

Era un sábado por la mañana, lo que significaba que ninguno de ellos tenía que ir a trabajar.

Lesley siguió las instrucciones que Marlene le había enviado por correo electrónico la noche anterior. Las instrucciones eran principalmente sobre limpieza y belleza.

Tomó una agradable y larga ducha jabonosa. Se hizo especial hincapié en la limpieza de su ano y recto. Lesley siguió las instrucciones especiales en la ducha. De hecho, lo hizo dos veces para estar segura.

Después de la ducha, Lesley se sentó frente al espejo de su tocador con una variedad de productos de belleza. Se tomó su tiempo para verse más deseable de lo que ya era. Había igual énfasis en su cabello.

Para cuando terminó, la oficinista profesional se había ido. Era la nueva Lesley, amigable con el sexo anal. Y se veía tan hermosa como siempre.

Completó su apariencia con sujetador y bragas blancos a juego, seguidos de un negligé blanco.

Todo lo que hizo fue de acuerdo con el consejo de Marlene en el correo electrónico.

Hablando de eso, sonó el timbre. 10 a. m. Justo a tiempo.

Lesley y Rob fueron juntos a abrir la puerta principal. Allí estaba Marlene, la terapeuta de relaciones sexualmente ilustrada, con un peinado atrevido y dos bolsas de compras.

Marlene levantó las bolsas y sonrió, "¿Estamos listos para comenzar?".

De repente, lo que parecía ser una mañana de sábado ordinaria se convirtió en el comienzo de algo especial.

# CAPÍTULO VIII

La pareja esperó ansiosamente en su dormitorio mientras Marlene se preparaba en el baño. Una de las bolsas que trajo Marlene era para su atuendo especial. Después de todo, no podía salir en público vestida como si estuviera lista para un encuentro anal.

Pero eso planteó la pregunta, ¿qué había en la otra bolsa? Pronto lo descubrirían.

Cuando se abrió la puerta del baño, tanto Lesley como Rob se sorprendieron al ver la transformación de Marlene.

La ropa informal de Marlene ya no estaba. En cambio, estaba descalza con un negligé rojo, similar al que llevaba Lesley. Marlene también se maquilló con glamour y también se peinó.

"¿Estamos listos?" preguntó Marlene, adoptando una pose juguetonamente sexy.

Lesley estaba un poco celosa de los secretos de belleza y la rutina de ejercicios de su mejor amiga. Hizo una nota mental para pedir consejos más tarde.

"Listos como se puede estar", dijo Lesley.

Rob estuvo de acuerdo.

"El primer paso es estar preparados", dijo Marlene. "Ya hemos hecho eso, obviamente, junto con la limpieza necesaria. Ahora el siguiente paso es que te sientas cómoda y que yo te relaje".

Lesley sintió que su coño se contraía.

"Estoy lista."

Marlene miró alrededor del dormitorio. Luego colocó una toalla sobre el lecho conyugal de la pareja, extendiéndola prolijamente.

"Antes de que te acuestes en la cama", dijo Marlene. "Probablemente te estés preguntando qué hay en la otra bolsa".

Lesley asintió. "Tengo una idea bastante buena".

"Es el kit anal que usaremos".

"Suena intimidante".

Marlene metió la mano en la bolsa y sacó un pequeño consolador rosa. "En realidad, no. Se trata principalmente de algunas cosas pequeñas y mucho lubricante. Suficiente para prepararte para la penetración de Rob después".

"Estoy empezando a sentir mariposas en el estómago".

"Entonces será mejor que empecemos".

Lesley y Rob se dieron un gran abrazo largo, seguido de una serie de besos en los labios. Era casi como decir 'adiós'. Pero en realidad, fue la bienvenida a algo nuevo en su relación.

"Quítate las bragas", dijo Marlene.

Lesley se agachó y se quitó las bragas, tirándolas. Estaba desnuda de cintura para abajo, con el delgado negligé cubriendo su trasero y su coño, pero eso no duraría mucho.

Se subió a la cama exactamente como le había indicado Marlene. Con las rodillas sobre la toalla y la cara pegada a la cama. Su trasero estaba en el aire, y estaba muy consciente de que su culo y su coño estaban completamente expuestos a su mejor amiga y a su esposo.

Fue un momento incómodo. En muchos sentidos, Lesley se sintió como una visita al médico. Excepto que en lugar de un examen ginecológico típico, una paliza profunda en el culo pronto estaría en su lugar. Pero primero, estaría el juego previo. Oh Dios, ¿qué tipo de juegos previos? Lesley pensó.

Un par de manos frotaron el trasero de Lesley. No cualquier mano. Manos femeninas suaves. Del tipo que sólo Marlene poseía.

Oh dios, está comenzando.

"Aquí viene tu sorpresa", dijo Marlene. "Sé que has estado molestando a Rob con mis planes. Bueno, aquí está. Creo que un buen beso negro femenino es la mejor manera de estimular a las vírgenes anales. Ahora relájate".

Oh dios, un beso negro. ¿De Marlene?

Antes de que Lesley pudiera decir una palabra, sintió que las suaves manos le abrían aún más las nalgas. Sabía que su ano estaba completamente abierto para que su esposo y Marlene lo vieran.

Luego vino la lengua. Oh dios, la lengua. Su pequeño ano marrón estaba siendo lamido por su mejor amiga. Lamió arriba y abajo. Lamido de lado a lado. Lamió en todas las direcciones. Luego vinieron los besos. Luego lamiendo de nuevo. Luego unos cuantos besos más en su ano.

Conseguir un beso negro nunca estuvo en la lista de deseos sexuales de Lesley, pero estaba tan contenta de sentirlo. Si hubiera sabido que era tan bueno, le habría pedido a Rob que lo hiciera hace años en su noche de bodas.

Ahora, aquí estaba ella, de rodillas, boca abajo, mientras su mejor amiga le lamía el culo. Siempre había sabido que Marlene era una persona muy sexual y experta en temas sexuales, pero ¿esto? No podía saber que Marlene era experta en practicar sexo oral en el ano de una mujer. La técnica que estaba haciendo Marlene era simplemente demasiado buena para ser verdad.

Luego vino la pieza final del beso negro. La lengua de Marlene entró. Oh Dios, entró. Lesley sintió que le babeaban el ano, la saliva corría por su trasero y dentro de la entrada de su recto.

Hacía un poco de cosquillas, pero sobre todo se sentía sensacional, estimulando las terminaciones nerviosas que no sabía que existían.

"Dios mío", gimió Lesley, boca abajo en la cama. "Esa lengua tuya... Dios mío".

Marlene se detuvo brevemente. "Es por eso que me pagan mucho dinero".

Y con eso, Marlene continuó con su lamida anal. Su lengua lamiendo el anillo del ano, siguió la entrada al recto, luego se detuvo.

"¿Estás lista para la siguiente fase de tu lamido?" preguntó Marlene, todavía sosteniendo el trasero abierto.

"¿Hay más?" preguntó Lesley, todavía boca abajo.

"Sí. Aquí viene. Ahora relájate, cariño".

Marlene le dijo algo a Rob, que fue tan escueto y breve que Lesley no pudo oírlo. Todo lo que escuchó fue el sonido de arrastrar los pies. No podía verlo ya que su cara estaba en la cama. Claro, ella simplemente podría haberse dado la vuelta para mirar lo que estaban haciendo, pero ¿por qué molestarse? Le encantaban las sorpresas y le esperaba una sorpresa oral especial.

Lo siguiente que supo Lesley fue que Rob le estaba comiendo el coño desde abajo. Mientras tanto, Marlene volvió a sus deberes de beso negro.

Lesley experimentó un asalto oral completo tanto en su coño como en su ano, al mismo tiempo, por parte de las personas que más amaba.

Sus ojos se abrieron y sus labios se curvaron mientras soltaba un breve gemido. Era el doble del placer oral. Rob le chupó el coño como nunca antes. Marlene aceleró su ritmo de lamidas anales.

En el fondo, Lesley se maldijo a sí misma por no haber hecho esto antes. Oh bien. Era una joven de 33 años , le quedaría mucho tiempo en la vida para seguir disfrutando del doble sexo oral.

Sintió que se acercaba un clímax cuando Rob enfocó su lengua en su clítoris. Era exactamente la forma en que a Lesley le gustaba que le comieran el coño. Comience en el centro, luego llegue al orgasmo con la estimulación del clítoris.

"Oh, Dios", gimió Lesley, boca abajo, con los ojos en blanco. "Creo que me estoy acercando".

Marlene apartó brevemente la lengua. "Chica, ve por ello".

Con eso, Rob continuó lamiendo el clítoris más rápido y Marlene realizó un torbellino oral dentro del ano virgen.

Lesley desató un orgasmo para la historia.

Ella gritó en voz alta y su cuerpo se tensó. Gracias a Dios que recientemente habían comprado una casa, donde podían tener un poco de privacidad decente. En su antiguo apartamento, un grito como el de Lesley sin duda habría llamado la atención de los vecinos , y tal vez la atención de la policía.

Ahora, en la privacidad de su propia casa, Lesley pudo dejarlo todo. Su coño y su ano recibieron una poderosa estimulación oral, lo que resultó en un poderoso orgasmo húmedo.

Cuando terminó, Rob se alejó de debajo del coño y Marlene le quitó la lengua.

Lesley se derrumbó en la cama, un desastre húmedo y empapado, con una sonrisa post-orgasmo en su rostro.

"Rob tenía razón sobre ti", dijo Marlene, admirando a su mejor amiga con el trasero desnudo. "Eres bastante tonta ".

"Mierda ..." ella gimió.

"Chica, ahora solo estamos a la mitad. La clave para un buen sexo anal es la lubricación y la excitación. Yo diría que estás más que excitada. Y estás muy bien lubricada con mi saliva. Pero todavía tenemos trabajo por hacer."

"¿Todavía?" ella balbuceó.

"Sí, ahora vuelve a tu posición, perra perezosa".

Marlene le dio a su mejor amiga una poderosa palmada en el trasero. Fue suficiente para que Lesley volviera a arrodillarse con el trasero en el aire.

Mientras su mente aún se tambaleaba por el intenso orgasmo, su rostro estaba presionado contra la sábana y sintió que sus nalgas se abrían nuevamente. Esta vez, las manos eran mucho más fuertes, lo que significaba que Rob era el que sostenía el trasero de Lesley completamente abierto.

Lo que significaba que Marlene tenía ambas manos libres.

De repente, Lesley escuchó el sonido familiar de una botella de lubricante al abrirse.

Entonces, Lesley sintió que le empujaban el pequeño consolador rosa dentro de su trasero. Tenía solo unas pocas pulgadas de largo, pero se sentía enorme dentro de su diminuto trasero. El consolador rosa fue empujado hacia adentro y hacia afuera.

Se lo quitaron, dejando una sensación de bostezo en el trasero de Lesley.

Luego, algo un poco más grande fue presionado contra su agujero. Otro consolador del bolso de Marlene. Fue empujado con más fuerza, entrando en el agujero virgen. A medida que continuaba empujándolo, Lesley supo que este juguete era mucho más largo (y más grueso), lo que le daba una sensación mucho más estirada.

Sintió que el anillo de su ano y recto se empujaba hasta el límite. Luego, se mantuvo en su lugar, lo que le dio tiempo a su ano para acostumbrarse a tener algo de ese tamaño en su trasero.

Luego, el consolador más grande fue retirado, dejando una sensación de boquiabierto en su delicado ojete.

De repente, en el fondo, hubo estos ruidos de succión/sorbidos. Lesley tardó un segundo en darse cuenta de que Marlene probablemente estaba chupando la polla de Rob, poniéndolo duro y lubricado para el sexo anal. Esa perra, pensó Lesley.

Los ruidos de succión cesaron.

"Feliz aniversario, chica", dijo Marlene con voz burlona.

"Feliz aniversario, cariño", dijo Rob.

Esta vez, Lesley sintió algo más presionado contra su culo. Era duro, pero tenía una sensación suave. No había duda al respecto. Era la polla de Rob. Su marido estaba a punto de follársela por el culo.

Apretó la sábana y se preparó para lo que estaba por venir.

Rob empujó. Su polla entró. La penetración fue lenta y suave. Casi se sentía como un experto penetrándola, aunque ella no lo habría sabido, ya que nunca antes la habían follado por el culo.

Luego se dio cuenta de que se trataba de los consejos que Marlene le había dado a Rob. Por eso Rob pudo follarle el culo con tanta facilidad. Y también fue gracias a toda la estimulación anal y el orgasmo que Marlene me había brindado.

Todo estaba funcionando a la perfección. La polla semi-grande de Rob pudo penetrar su recto sin esfuerzo, aunque su culo se sentía muy lleno.

Finalmente, entró por completo y Rob se apoyó en el diminuto recto de su esposa.

"Eso es , chica", dijo Marlene, quien se movió para acariciar el cabello de Lesley de una manera amorosa. "La parte difícil ha terminado. Está completamente adentro. Ahora diviértete y disfruta del orgasmo que sigue".

Las mejores amigas se tomaron de la mano y se miraron a los ojos, mientras Rob lentamente tiraba de su polla hacia atrás y luego empujaba.

"Oh..." Lesley jadeó. "Dios..."

"Tranquila, chica. Lo estás haciendo muy bien".

La polla palpitante dentro de su culo repitió su movimiento. Rob tiró hacia atrás, luego dio otro empujón, esta vez un poco más fuerte, que Marlene le había indicado en privado que hiciera antes.

Llegaron más empujones. Con cada embestida, el cuerpo de Lesley se hundió más en la cama. Su rostro se apretó más contra la sábana. La cama se meció. Su cabello ondeaba de un lado a otro. Sus pequeños pechos se balancearon.

Pronto, Lesley se encontró recibiendo una paliza total . La cama tembló y Lesley comenzó a llorar.

"Está bien, querida", dijo Marlene en un tono tranquilizador, secándole las lágrimas. "Lo estás haciendo tan bien. Tu trasero fue hecho para esto. Vas a ser adicta a las cogidas por el culo para cuando tu esposo termine".

Lesley se preguntó cómo podía ser eso cierto mientras su trasero continuaba siendo arado. Dolía, pero también se sentía bien. Era como el contraste perfecto de dolor y placer. Ella estaba siendo estirada más allá de lo creíble. Pero también, sus terminaciones nerviosas rectales estaban siendo estimuladas de formas que no había creído posibles.

"Oh, Dios mío", gritó Lesley. "¡Mi culo!"

Lágrimas rodaron por el rostro de Lesley mientras continuaban los golpes. Ella podría haber pedido que se detuviera. Podría haber suplicado que terminara. Pero no lo hizo. Se aventuraba en nuevos territorios de su cuerpo. Estaba experimentando cosas nuevas con su sexualidad. Y ella estaba amando cada segundo de eso.

Todavía dolía como el infierno. Pero había una innegable satisfacción en ello. Marlene sintió el placer que estaba sintiendo Lesley y asintió levemente a Rob, que era su señal.

De repente, Rob empezó a follar a toda velocidad. Lesley gritó en voz alta, las lágrimas rodaron por su rostro, mientras su pequeño y delicado culo estaba siendo arado con una fuerza que no sabía que podía manejar.

"¡¡¡¡Oh Dios!!!!" ella lloró por su placer.

Entonces ella se vino. Ella se vino por segunda vez esa mañana. Era un orgasmo diferente al anterior. No fue fluido y agradable.

No. Estaba crudo. Puro. Salvaje. Fue un orgasmo que vino de su lujuria primaria. E hizo un gran lío por todo el lugar.

Gracias a Dios que Marlene había puesto esa toalla en la cama.

El orgasmo fue tan intenso que Lesley no se dio cuenta de que Rob ya había eyaculado dentro de su recto, inundando su pequeño agujero.

Por segunda vez esa mañana, Lesley estaba boca abajo, colapsada en la cama, con su trasero desnudo expuesto.

Tanto Rob como Marlene admiraron su trabajo: una Lesley aturdida, recostada en pura felicidad orgásmica, completamente mojada entre las piernas.

# EPÍLOGO

Cuando Lesley llegó a casa del trabajo, con una pequeña bolsa de compras en una mano y un bolso en la otra, estaba de muy buen humor.

Dejó su bolso cerca de las escaleras y se acercó a su esposo en la cocina, quien también estaba en su ropa de trabajo.

"Lo siento, llegué un poco tarde", dijo, besando a Rob en los labios mientras aún sostenía la pequeña bolsa de compras.

"¿Qué es esto?"

Ella sonrió, extendiendo la bolsa, "Este... es un pequeño y lindo regalo que me dio Marlene. Tomamos café hace un rato".

Lesley sacó una botella pequeña y arrojó la bolsa sobre la encimera de la cocina. La botella era transparente y contenía un fluido líquido transparente. Pero lo que más se destacó de la botella fue que indicaba claramente que era solo para fines anales.

De hecho, la sustancia de la botella se hizo específicamente para el sexo anal. Era un nuevo producto hecho para hacer que el sexo anal fuera mucho más fácil.

"Oh, Dios mío", dijo, con las cejas levantadas.

"Tu polla. Mi culo. Ahora mismo".

Lesley le entregó la botella a su marido. Se dio la vuelta y se quitó las bragas, arrojándolas al suelo. Abrió las piernas y se inclinó, levantando la parte de atrás de su falda de oficina. Luego colocó sus manos sobre el mostrador de la cocina, con el culo apuntando hacia afuera.

Mientras Rob vertía la nueva botella de lubricante en su ano, Lesley miraba hacia el jardín. Era un hermoso día y el sol se estaba poniendo. Se dio cuenta de la mujer afortunada que era. Estaba casada con el amor de su vida y habían encontrado la manera de llevar su vida sexual al siguiente nivel. Ella también tenía la mejor amiga perfecta, la que hizo todo esto posible.

La vida era buena.

Un simple empujón, y la polla de Rob entró en su pequeño ojete. En ese momento, Lesley se había acostumbrado a que su polla le estirara el trasero. Esta vez, parecía más fácil. Marlene tenía razón, esa nueva botella de lubricante era increíble, lo que significaba que habría mucho más sexo anal en el futuro de Lesley.

# ESTRECHO AGUJERO TRASERO

# CAPITULO I

La polla de Dick invadió lentamente el fruncido y lubricado ano de Samantha y luego salió al mismo ritmo. La escena sensual se repitió varias veces y la calidez de su estrecho canal pronto lo hizo anhelar más. Tratando de ignorar su falta de control sobre la velocidad desesperadamente lenta, se concentró en su esposa mientras ella movía su trasero arriba y abajo de su longitud. Con las muñecas y los tobillos encadenados a la cama, no tuvo más remedio que abrazar la novedad de ser utilizada como su juguete sexual.

El giro inusual de los acontecimientos comenzó el día anterior. Mientras se dirigía al trabajo, el teléfono celular de Dick sonó exactamente a las 7:10 de la mañana, como se esperaba. Incluso sin verificar el identificador de llamadas, sabía que era su esposa, quien llamaba todas las mañanas a la misma hora.

Respondiendo a la llamada con el manos libres, Dick saludó cálidamente a Samantha,

"Hola, nena".

"¡Oye! ¿Ya me extrañas?" La voz de Samantha estaba llena de humor, ya que acababan de separarse una hora antes.

Dick resopló,

"¡Por supuesto! ¿Leíste alguna buena historia ya?"

Durante su rutina de ejercicios matutina, Samantha disfrutaba leyendo historias en su blog de literatura erótica favorito. Ella seleccionaba las categorías 'Anal' y 'BDSM' y esperaba encontrar los nuevos descubrimientos de cada día. Si uno le hacía cosquillas, se lo contaba a Dick, con gran detalle, durante sus viajes al trabajo por separado.

"En realidad, leí una historia 'Anal' realmente candente", dijo con nostalgia. "Un marido ató a su mujer como castigo, y luego le dio un paseo muy duro por el culo. Me puso súper cachonda".

Al captar su no tan vaga insinuación, el tono de Dick fue suave,

"Oh, en serio".

"Sabes ... ha pasado un tiempo desde que tuvimos tiempo para jugar algunos juegos pervertidos. Y ... bueno ... he sido una chica muy traviesa últimamente. Estoy bastante segura de que merezco un castigo, "Haciendo todo lo posible por sonar contrita, se las arregló para parecer apenada.

Samantha realmente amaba el sexo anal, lo cual era una bendición para Dick. El problema era que gritaba como una diabla durante los orgasmos anales. Con los hijos adolescentes todavía en casa, sus oportunidades de liberarse eran pocas y espaciadas.

Sabiendo que su esposa estaba desesperada por sexo pervertido, Dick tomó con calma su invitación no tan sutil. Ella tenía razón; había pasado bastante tiempo desde que disfrutaron de una noche salvaje. En verdad, estaba sorprendido de que le hubiera tomado tanto tiempo proponer una cita sexual secreta y estaba totalmente de acuerdo con la dirección de su conversación.

Respondiendo al obvio deseo de Samantha, Dick hizo su parte. "Seré el juez de si realmente mereces un castigo. Ahora, dime lo que has hecho", dijo en un tono autoritario.

"Bueno, por un lado, da la casualidad de que estoy en exceso de velocidad en este mismo momento", Samantha sabía que era un esfuerzo débil, pero este era solo el primer lanzamiento.

Dick suspiró, decepcionado, "Vas de prisa todos los días. Eso no es realmente digno de un castigo".

"Oh", sin preocuparse por su error, estaba lista para el segundo lanzamiento. "Bueno, tomé prestados 30 dólares de tu billetera antes de irme al trabajo".

Dick se rió entre dientes, "Ok ... no es una gran sorpresa. La mayoría de los días me siento como tu cajero automático personal. ¿Eso es todo?" Preguntó, esperando más de su ingeniosa esposa.

Después de haber guardado lo mejor para el final, Samantha confiaba en que estaba al borde de un éxito,

"Entonces, resulta que los Morrison nos invitaron a cenar el viernes por la noche y dije que nos encantaría asistir".

Siguió un silencio de muerte durante varios momentos mientras Dick procesaba las noticias no deseadas. Sabía perfectamente bien que él no disfrutaba pasar tiempo con los Morrison. Aunque la esposa era una amiga querida de Samantha, el esposo era socialmente torpe.

"Pequeña", dijo Dick, después de aclararse la garganta en voz alta, "realmente te mereces un castigo por esto. Déjame ver qué puedo hacer para hacer espacio en mi agenda mañana por la tarde".

Cuando Dick usó su apodo de juguete sexual, el coño de Samantha se apretó. Estar a merced de su marido, mientras él usaba su cuerpo para el placer, era lo que más excitaba. Afortunadamente, estaría lista para el mediodía del día siguiente, que era el momento perfecto.

Aturdida por el éxito, Samantha apenas contuvo su alegría, "¡Oh, chico! Um, quiero decir ... ¡oh no! Bueno, tendré que aceptar cualquier castigo que sientas que se ajusta al crimen. Pero, mi trasero se ha estado sintiendo muy mal al ser dejado fuera últimamente ".

Molesto por la próxima cena con los Morrison, Dick decidió burlarse de su esposa como venganza parcial. "Tal vez tu castigo sea renunciar al coito anal", bromeó con su voz más seria.

Aturdida, Samantha prácticamente se atragantó.

"¡Nene, el castigo siempre debe incluir anal!"

"No estás en posición de hacer demandas, Pequeña". Dick mantuvo su tormento, con una sonrisa irónica en su rostro. "Tomaré en consideración tu solicitud, pero no cuentes con salirte con la tuya. Esta fue una transgresión bastante grave. Ahora estoy entrando en el trabajo. Podemos hablar más después".

Desanimada, Samantha respondió:

"Te amo".

"También te amo," Dick colgó, satisfecho de sí mismo por haberle dado una a su esposa.

En su coche, Samantha estaba horrorizada por el giro de los acontecimientos. Su inteligente plan para inducir una dura sesión anal se había descarrilado de repente.

¡Seguramente, Dick debe saber lo mucho que deseaba una pervertida sesión dura de culo!

Suponiendo que podría convencerlo de que obedeciera, Samantha rápidamente ideó un plan para darle unos Margaritas. No había forma de que él pudiera resistir el encanto de su ansioso trasero con un fuerte golpe de tequila en el cuerpo y ella sabía el lugar que se adaptaría a sus necesidades.

# CAPITULO II

Al día siguiente, Samantha y Dick se encontraron en casa justo antes de la hora del almuerzo. Cuando ella sugirió un viaje rápido a su restaurante mexicano favorito, él estuvo de acuerdo. No solo las bebidas eran fuertes, la comida era excelente y, lo más importante, el servicio era rápido.

Como de costumbre, solicitaron un reservado apartado. Después de sentarse, dos de sus Margaritas favoritas aparecieron mágicamente en la mesa y su orden de comida fue rápidamente atendida. Con los preliminares fuera del camino, bebieron a sorbos y se relajaron.

Samantha, una persona muy directa, no tuvo reparos en hablar con franqueza. Con la esperanza de que Dick se hubiera olvidado de su absurda idea de retener el sexo anal, decidió probar suerte.

"Hey nene, estoy bastante cachonda. Vamos a volvernos locos esta noche", dijo, mientras le guiñaba un ojo sugerente.

Dick se rió entre dientes, adivinando que Samantha estaba preocupada por su amenaza de evitar el juego anal. Aunque tenía toda la intención de perforarle el culo larga y duramente, pensó que sería divertido seguir con su artimaña.

Enarcando una ceja y manteniendo su cara de póquer, dijo, "Hoy, lo mantendremos discreto. Después de todo, Pequeña, te mereces un castigo".

"Jaja, muy gracioso. Ponte serio y deja de hacer tonterías", dijo, intentando enmascarar su obvia preocupación.

Aunque normalmente era un actor terrible, Dick se sentía confiado en su actuación. Samantha se retorcía genuinamente ante sus propios ojos y era bastante entretenido.

Inclinándose, habló con severidad:

"No te equivoques, mi decisión está tomada".

"Pero cariño, ¿no disfrutas follándome el culo mientras estoy atada a la cama? Puedes ponerme de rodillas, con el culo levantado y hacer lo que quieras conmigo". Trató de tentarlo pintando una imagen erótica. "Imagina tu polla dura hundiéndose en mi pequeño agujero ... imagina mis gritos cuando me haces correr ... ¡piensa en mi trasero apretando mientras tu polla vacía su carga dentro de mí! Vamos, necesito que me entregues una buena cantidad de leche en mi puerta trasera! Por favor ...! "

Siempre impresionado por el entusiasmo anal de Samantha, la polla de Dick se puso rígida de inmediato. Oh, sí, planeaba hacer todo eso y más. Pero por el momento, estaba disfrutando de la farsa.

"He tomado mi decisión. El anal, el bondage y los castigos están fuera de la discusión hoy", dijo, logrando sonar desinteresado.

Ver el rostro de Samantha parpadear de frustración fue inmensamente divertido para Dick. Esperaba que ella cambiara de estrategia y no se decepcionó.

Samantha se movió rápidamente, tratando de culparlo.

"¡Pero nene, tú eres el que me enganchó con el anal! Si lo piensas, esto es realmente tu culpa. ¡Me debes una buena follada por el culo!"

Había algo de verdad en su declaración. Dick había tardado más de veinte años en convencer a Samantha de que valía la pena intentarlo con el sexo anal. Una vez que ella se dio cuenta de que los orgasmos anales eran reales y rivalizaban con la variedad vaginal, nadie la detuvo. En cierto sentido, fue el responsable de crear este monstruo anal.

Intrigado por ver adónde podría dirigirse a continuación, Dick continuó tirando de su cadena, "La posición del misionero y la penetración vaginal bastarán por hoy, pequeña".

El rostro de Samantha se contrajo con incredulidad. Ese tipo de sexo estaba bien para las noches de la semana, cuando tenían que guardar silencio porque los hijos estaban en casa. ¡Pero esta perversa oportunidad era demasiado preciosa para desperdiciarla!

Decidida a probar suerte en los halagos, Samantha no perdió el ritmo.

"Está bien, escucha. Voy a ser totalmente honesta. Si no fueras tan bueno golpeándome el culo, ni siquiera me gustaría tener sexo anal. Habilidades como las tuyas no deberían desperdiciarse".

Entrecerrando los ojos, la respuesta de Dick fue simple:

"Buen intento".

"¡Nene, por favor átame y fóllame el culo! Ha pasado demasiado tiempo desde que jugamos y realmente lo necesito", se quejó, como último recurso.

Dick negó con la cabeza y pensó en compadecerse de ella. Si él le confesaba que era una broma a su costa, se calmaría. A punto de hablar, de repente sintió su pie descalzo directamente sobre su entrepierna. Con los dedos de los pies, acarició suavemente su erección dura como una roca debajo de la mesa mientras sonreía en señal de victoria.

"Sigues diciendo 'no', pero tu polla dice 'demonios, sí'. ¿Estoy en lo cierto?" Samantha susurró, sus ojos brillaban con alegría.

De repente, sin querer rendirse, Dick respiró hondo varias veces y trató de concentrarse en pensamientos poco atractivos. Imaginar la cena en los Morrison lo sacó del abismo.

Hablando lenta y suavemente, respondió:

"Mis reglas de hoy se mantienen".

Samantha se encogió de hombros y suspiró,

"Está bien, tú ganas, Nene. Disfrutemos el almuerzo y vayamos a casa. Demonios, tal vez deberíamos simplemente relajarnos. Pareces un poco tenso".

Llegaron sus pedidos y la pareja su puso a comer rápidamente, mientras discutían otros asuntos. A Dick le sorprendió que Samantha lograra dejar atrás la conversación, ya que no le gustaba perder.

En el fondo de su mente, Samantha se sentía justificada por los preparativos hechos al principio del día. Dick había elegido jugar con fuego y pronto se quemaría. Estaba completamente preparada para actuar y tomar su polla sobre su propio culo.

# CAPITULO III

Al llegar a casa, la pareja subió directamente a su dormitorio. Dick se sentó en la esquina de la cama mientras Samantha lentamente se quitaba los jeans y la camisa blanca con botones. Sabiendo muy bien que disfrutaba de un buen striptease, se aseguró de exagerar sus movimientos. Cuando se iba quitar el el sujetador de encaje negro y la tanga a juego, se acercó a su marido y se quitó la lencería delante de él.

De pie, desnuda ante él, Samantha miró a Dick con sinceridad y le preguntó:

"Cariño, ¿puedo darte un masaje? Te mereces uno por ser tan paciente con mis travesuras".

Aunque Dick estaba listo para golpear el trasero de su esposa hasta dejarlo sin sentido, la sugerencia reflexiva de Samantha lo conmovió. Sus masajes eran bastante decentes y tenían mucho tiempo.

"Esa es una buena oferta, Pequeña. Adelante. Pero primero, desnúdame."

Sonrojándose dulcemente, Samantha respondió:

"Con mucho gusto".

Dado que Dick había dejado su chaqueta y su corbata en el piso de abajo, no le tomó mucho tiempo. Se subió a la cama y se agachó directamente detrás de él, poniendo las rodillas a cada lado de su cuerpo. Alcanzando su pecho, le desabotonó la camisa y se la quitó. Le siguió su sencilla camiseta blanca.

"Levántate y date la vuelta", susurró seductoramente.

Dick siguió sus instrucciones que pusieron su pelvis directamente frente a su cara. Mientras lo miraba a los ojos, Samantha le desabrochó el cinturón, le desabrochó los pantalones y luego bajó la cremallera. Tirando, le bajó los pantalones y la ropa interior, dejándolo desnudo y semi-erecto.

"Ahora, recuéstate y deja que mis dedos hagan su trabajo", dijo mientras golpeaba ligeramente la cama.

Feliz de cumplir, Dick se estiró en el medio de la cama, boca abajo. Después de sentarse a horcajadas sobre él, Samantha se sentó en el centro de su espalda.

Comenzando por sus hombros, ella habló con preocupación:

"¡Oh nene, tus brazos se sienten tan tensos! Ponlos sobre tu cabeza para que pueda trabajar todos tus grupos de músculos".

Dick estaba muy distraído por la mancha húmeda que se formaba en su espalda debajo del coño de Samantha, pero logró registrar su solicitud. Estirando los brazos hacia las almohadas, fue vagamente consciente de que Samantha se deslizó hacia adelante, hasta situarse entre sus omóplatos. Después de inclinarse sobre el borde de la cama, pareció agarrar algo. Luego, rápido como un relámpago, sintió el frío acero alrededor de sus muñecas y escuchó el delator chasquido de las esposas.

La cabeza de Dick se echó de inmediato cuando tiró de sus manos y las encontró restringidas. La realidad golpeó con fuerza; su delgada esposa acababa de dejarlo caer, no es poca cosa ya que pesaba 95 kilos. Inmediatamente después, la ágil diabla se escabulló de su cuerpo y se sentó a su lado.

Aunque reacio a mirar a su esposa, quien seguramente estaba orgullosa de la broma, Dick volvió la cabeza hacia un lado. Lo que llamó su atención de inmediato fue el coño resbaladizo que se exhibía entre sus muslos ampliamente abiertos. Gimió, sintiéndose tonto por haber sido atrapado boca abajo.

"¡Ja! ¡Te he engañado totalmente!" ella chilló.

Dick sabía que no se contentaría con esto, ya que Samantha era propensa a regodearse. Siendo generalmente tranquilo, estuvo tentado de unirse a su regocijo, pero decidió hacer un balance de la situación.

"Buen movimiento, Pequeña", concedió, siempre cortés. "Entonces, ¿qué pasa después?"

Samantha no había terminado de gritar:

"¡Santo guacamole! ¡De hecho te capturé! ¡Ojalá hubieras visto la expresión de tu rostro! ¡Todo un poema!"

"Sí, me atrapaste en serio. Entonces, ¿cuál es el fin de tu juego?"

Riéndose de su juego de palabras involuntario, respondió.

"¡Es más como mi juego de 'trasero'!"

Tomando varias respiraciones profundas, se calmó. Dar placer a Dick era definitivamente parte del plan y quería tranquilizarlo.

"¡Ok, ok! ¡Uf! Estas son tus opciones. Colocaré las esposas en un pequeño trozo de cadena que está asegurado al poste de la cama. Eso te deja libre para rodar sobre tu espalda. Si eliges ese camino, me pondré sobre tu polla para darle un buen uso. Pero estarás completamente a mi merced, para variar. O ... puedo quedarme aquí y jugar conmigo mientras tu duermes la siesta. Es totalmente tu decisión, amor. "

Dick tomó una decisión de inmediato, pero hizo una demostración de reflexionar sobre ello, "Veamos, puedo dejarte que uses mi polla, o acostarme aquí como un bulto para roncar. Iré a por la opción número uno".

Aplaudiendo como una niña pequeña, Samantha estaba encantada. Si bien prefería un papel de sumisa durante los juegos pervertidos, Dick presionó un botón caliente previamente desconocido al amenazar con negarle el sexo anal. No podía culpar a nadie más que a sí mismo por sus medidas extremas.

"¡Excelente!" Ella exclamo. "Ahora, da la vuelta y mantén las piernas separadas. Necesito encadenarte los tobillos".

Apoyándose en un codo, Dick giró su cuerpo como Samantha le indicó. Ella saltó de la cama y sacó unos tobillos de metal que debió haber dejado escondidos debajo del colchón más temprano ese día.

Una vez que todas las extremidades de Dick estuvieron restringidas, Samantha estudió con orgullo su trabajo. Con la mirada fija en el rostro de su marido, le besó la frente con ternura.

"No te preocupes, nene. Seré gentil", le susurró directamente al oído.

Dick, un tipo tranquilo, se rió de la pequeña embaucadora:

"Bueno, pequeña, parece que me tienes justo donde me querías".

"Bueno, sí que te tengo. Gracias por darte cuenta", se rió mientras se dirigía a la puerta. "Ahora, quédate quieto y volveré enseguida".

Estar restringido era una nueva experiencia para Dick. La pareja se había involucrado en la esclavitud desde el principio de su relación y durante sus tres décadas juntos, Samantha había pasado incontables horas esposada, encadenada e incluso en una empalizada. Nunca antes había expresado interés en cambiar las tornas, por lo que este fue un giro inesperado.

A Dick le impresionó que Samantha aprovechara su gran experiencia para atarlo a la cama. Probando su movilidad, estaba realmente orgulloso de que ella hubiera logrado asegurarlo sin causarle dolor.

Las esposas no estaban demasiado apretadas en sus muñecas / tobillos, ni sus extremidades estaban estiradas hasta el punto de sentir incomodidad. Considerándolo todo, era un esfuerzo bastante exitoso.

Su atención cambió después de notar que Samantha había regresado y estaba parada en el medio de la habitación.

Decir que se había vestido para la ocasión habría sido quedarse corto.

# CAPITULO IV

"¿Te gusta lo que ves?" Los ojos de Samantha brillaron con picardía mientras modelaba para él con su nuevo atuendo.

Por lo general, prefería la lencería suave y femenina, pero esta tarde había tomado una nueva dirección. Un corsé de cuero negro sin tirantes le daba el aspecto de una mujer en control. Ya pequeña, acentuó aún más su diminuta cintura, mientras lograba hacer que sus pequeños senos parecieran más grandes. Ella optó por ir sin bragas, dejando su sexo sin vello expuesto para su placer visual. Un poco más abajo, hasta el muslo, unas medias negras transparentes abrazaban sus tonificadas piernas. Completando el conjunto erótico llevaba zapatos de tacón de aguja negros de aspecto severo.

La mandíbula de Dick colgaba abierta mirando asombrado el aspecto de su esposa, vestida con un atuendo tan atrevido.

"¡Mierda! ¡Te ves TAN caliente, Pequeña!"

Alejándose de él, inclinó las caderas hacia un lado y se palmeó el trasero. Con su polla ahora con forma de mástil completo, brevemente se esforzó por levantarse antes de recordar que estaba atado a la cama.

"Pequeña, déjame levantarme y le daré a tu trasero el viaje más duro de tu vida", dijo, tratando de negociar.

Samantha negó con la cabeza mientras se reía,

"Oh, voy a tener un viaje duro, no te preocupes. Tuviste tu oportunidad y la echaste a perder. Estoy planeando tomar lo que quiero por mi cuenta".

"¡Vamos! Solo estaba bromeando sobre retener el sexo anal. Cambiemos de lugar", suplicó.

Samantha se encogió de hombros y respondió:

"Tocaste la tecla equivocada, bebé. Lo hecho, hecho está. Ahora, si insistes en hablar, habrá consecuencias".

"Pero", comenzó.

"¡Exactamente! pero ..." respondió ella, haciéndole comillas con los dedos. "Ese es el nombre de este juego. Ahora, te advertí que te callaras y desobedeciste".

Samantha se tocó el lado de la boca con el dedo índice y entrecerró los ojos con falsa concentración.

"Veamos, ¿cómo debo lidiar con tu desobediencia? Oye, tengo una idea", dijo, agitando las manos con seriedad. "¡En lugar de farfullar, deberías usar tu boca para complacerme!"

Sintiendo que el juego estaba bien encaminado, Dick no estaba seguro de si debía responder verbalmente. Sabiamente, eligió asentir con la cabeza en señal de acuerdo. El escandaloso atuendo de Samantha y su comportamiento obsceno lo hacían anhelar cualquier tipo de contacto con su cuerpo.

"Ah, ya veo que aprendes rápido", dijo. "Pongamos tu boca a trabajar. Quiero que lamas mi agujero travieso, como un buen chico".

Una vez más, Dick asintió enfáticamente, feliz de acceder. Permitirle a Samantha este momento de 'cambio de papeles' parecía justo dadas las circunstancias y él estaba feliz de acompañarla en el viaje.

Con cuidado, para no empujar a su marido, Samantha volvió a gatear sobre la cama. Se sentó a horcajadas sobre él a la altura de su cuello y se arrodilló, colocando su trasero directamente sobre su rostro. Siempre provocando, giró la pelvis mientras se frotaba las manos a lo largo de las suaves curvas de sus nalgas.

"Ahora, dame un poco de placer ... en mi trasero", dijo con autoridad.

Samantha sintió que el cuerpo de Dick temblaba por la risa que luchaba por reprimir. Besar a su esposa no era realmente un castigo y verla calentarse mientras él lamía el culo de ella era excitante. En consecuencia, estaba más que feliz de complacerla.

Sonriendo, Samantha se inclinó y miró entre sus piernas,

"Te estoy dando acceso a un lugar muy especial, Nene".

Como si estuviera revelando un regalo preciado, movió sus manos al centro de su tonificado trasero y separó las cremosas nalgas blancas. Allí, para el placer visual de Dick, estaba su delicada estrella. A la luz del día, podía apreciar fácilmente todos y cada uno de los pliegues que componían su entrada innombrable. Ligeramente más oscuro que el resto de su piel, el tono le dio un aspecto casi exótico. En general, era un objetivo muy atractivo y nunca se cansaba de acertar.

Malinterpretando su pausa, Samantha pronunció palabras de aliento: "Vamos, nene. Sabes qué hacer. Pon tu boca en mi trasero".

Con placer, Dick frunció los labios y los presionó contra el ano de Samantha, que ahora temblaba de anticipación. Cariñosamente, mordisqueó, chupó y besó su camino alrededor del pequeño círculo, provocando suaves gemidos de su esposa. No era un aficionado, sabía exactamente cómo manipular la piel arrugada que rodeaba su puerta trasera.

Samantha estaba eternamente asombrada por el placer que experimentaba durante la estimulación anal. En su mente, demostró que el sexo anal era un acto sexual natural, que no merecía su estatus de tabú. En poco tiempo, la exquisita sensación de su boca fundida contra su abertura, la tenía preparada y anhelando más.

"¡Nene ... por favor! Desliza tu lengua en mi trasero y haz que me corra." ella gimió.

No necesitaba decirlo dos veces. Dick era un amante extremadamente generoso y esperaba llevarla al límite. Sacando la lengua, la puso rígida tanto como pudo, antes de invadir apropiadamente el orificio ofrecido descaradamente por su esposa.

Para ayudar, Samantha bajó lentamente su cuerpo hasta que su lengua apenas se asomó a través de la tensa entrada a su lugar de placer. El calor abrasador dentro de su sensible borde la afectó tan profundamente que momentáneamente le robó el aliento. Ansiando una penetración completa, Samantha comenzó su descenso final sobre su boca.

"Joder, nene. ¡Eso se siente tan bien! ¡Oooooh!" Samantha comenzó a mover el culo sobre su lengua implacable.

Dick captó sus señales obvias y se decantó por el gusto. De forma lenta pero segura, su lengua logró el máximo contacto íntimo. Como de costumbre, su esfínter externo aceptó su intrusión después de cierta resistencia inicial. Una vez pasada esa barrera, empujó hacia adelante, lo suficientemente profundo como para cruzar su esfínter interno más inflexible.

"¡Aaahhhh! ¡Bebé! ¡Por favor! ¡Hazme correrme!"

Aunque significativamente más pequeña que su polla, la lengua de Dick compensaba la discrepancia de tamaño con su destreza. Alternó entre hacer girar la lengua y empujar dentro y fuera de su lugar más privado. Sin prisa, estaba feliz de calmar su necesidad. A juzgar por la cantidad de jugo de coño que se acumulaba en su barbilla, sabía que pronto llegaría al clímax.

Mientras Dick trabajaba su magia en su trasero, Samantha estaba fuera de sí. Había esperado, con cierta impaciencia, este momento durante todo el día. Sentir sus labios sensuales y su lengua talentosa en su área íntima envió una ola de alivio a través de su cuerpo. Al mismo tiempo, la tensión sexual que se había ido acumulando estaba a punto de estallar. Fue un contraste interesante que disfrutó.

Después de pasar varios minutos atendiendo los impulsos carnales de Samantha, Dick sintió que la postura de ella cambiaba. Arqueando la espalda, comenzó a moverse lentamente hacia arriba y hacia abajo sobre su rostro, mientras aún mantenía las nalgas abiertas para su lengua. Ella estaba cerca de llegar y él se preparó para lo que vendría después.

De repente, ella se puso rígida. En un intento desesperado por encontrar apoyo, ella movió sus manos hacia el pecho de Dick, dejando la cara de él entre sus nalgas agradecidamente pequeñas. Apenas capaz de respirar, siguió adelante valientemente.

El tiempo pareció detenerse cuando Samantha se precipitó por el acantilado orgásmico. Lo que comenzó como una pequeña chispa ubicada en el centro de su ano, pronto se extendió como fuego salvaje por todo su cuerpo. En esa fracción de segundo, cada músculo de su pelvis comenzó a contraerse y relajarse rítmicamente mientras la bendita liberación la reclamaba.

"Ooohhh Dios!", aulló a todo pulmón, con la cabeza echada hacia atrás en éxtasis.

Después de varios segundos, Samantha se quedó flácida y cayó hacia adelante sobre el abdomen de Dick, quitando su trasero de su cara. Murmurando, pareció momentáneamente incoherente, pero se las arregló para moverse y quedar a su lado con la cabeza apoyada en su pecho. Acariciándolo, ronroneó como una gatita sexual satisfecha.

Susan, ya más relajada, finalmente murmuró:

"Nene, eso se sintió increíble. Puedes hablar ahora, si quieres.

"Nop. Estoy bien", fue su arrogante respuesta.

Mirando su rostro, ella se rió disimuladamente,

"¿De verdad? ¿No hay nada que quieras decir?"

Su única respuesta fue negar con la cabeza con expresión perpleja. A veces, las palabras simplemente no eran necesarias.

Aceptando el voto de silencio de Dick, el enfoque de Samantha cambió abruptamente cuando notó que su polla se balanceaba con orgullo entre sus muslos. Cubierta elegantemente con una gota de líquido preseminal, la llamaba a un nivel sexual. Aunque agotada por la fuerza de su reciente clímax, necesitaba su polla en su culo y no se conformaría con nada menos. Estimulada por su innegable deseo, extendió la mano y agarró su palpitante virilidad con ambas manos.

"Hmmm, estarás hablando muy pronto", respondió ella con confianza mientras acariciaba su polla y la llenaba de saliva.

En general, Samantha no era fanática de estar arriba y prefería absorber la fuerza del poder masculino de Dick durante el coito. Al darse cuenta de que este era su momento dominante para brillar, decidió la posición que le daría a Dick la mejor vista. Después de quitarse los zapatos, se deslizó hacia adelante y se puso en cuclillas, mientras miraba a sus pies. Equilibrándose sobre sus rodillas, su culo se cernió tentadoramente sobre su erección.

Samantha necesitaba una verdadera satisfacción anal, y ahora había llegado el momento.

"Prepárate, Nene. Voy a violar tu polla con mi trasero", susurró con una voz teñida de lujuria.

Alcanzando detrás de ella, agarró su polla con su mano derecha y usó la otra para tirar de su nalga izquierda hacia un lado. Con precisión, alineó su virilidad contra su agujero hambriento y frotó la cabeza en su entrada. La combinación de su líquido preseminal y saliva era un lubricante eficaz y sabía por experiencia que sería suficiente para facilitar su paso.

Dick sintió su abrazadera cuando su polla asomó por el exterior. Con cuidado, procedió a montarlo hasta que estuvo completamente sentada en su entrada trasera. Aunque lejos de su primera experiencia anal, Dick todavía apreciaba la extraordinaria vista del culo de Samantha, mientras envolvía su polla. Sin cansarse nunca de la poderosa imagen, solo deseaba que ella pudiera alcanzar su punto de vista.

Aferrado firmemente por su carne cálida, anhelaba la dulce fricción que venía de avanzar salvajemente dentro y fuera del estrecho canal. Pero por ahora, estaba satisfecho de dejar que Samantha condujera y esperar el momento oportuno.

Después de gemir durante todo el período de inserción y ajuste, Samantha finalmente habló con gran orgullo:

"¡Nene, mira! ¡Te metí profundamente en mi trasero, yo sola!"

La presencia del grueso miembro de Dick en su trasero siempre ponía a Samantha en órbita, ya que el estiramiento de su tejido sensible era casi suficiente para inducir un orgasmo. Sin embargo, estar al borde de Nirvana no era tan bueno como llegar. Aún quedaba trabajo por hacer. Colocando ambas manos sobre sus muslos y arqueando la espalda, se preparó para el asalto final.

Ella comenzó a subir y bajar sobre su dura longitud con determinación. Al principio, fue intencional, mientras trataba de adaptarse a un ritmo razonable. Al intentar ganar velocidad, descubrió que era todo un desafío sin la ayuda de Dick. Con gracia, se las arregló para cambiar a su sensación sin desalojar su polla. Pero pronto se hizo evidente que su pequeña estatura hacía imposible alcanzar el ritmo de castigo que tanto deseaba.

Después de varios minutos de esfuerzos de Samantha, la desesperación de Dick se volvió insoportable. Aunque disfrutó de este aperitivo, su polla estaba hambrienta por el plato principal. Aun así, se contuvo y esperó a que ella le pasara el testigo.

"Nene, yo ... esto ... es ... difícil", admitió finalmente, sin poder conseguirlo con su propio trasero.

Dick estaba más que listo para volver a tomar la posición de estado dominante. Durante la siguiente bajada de Samantha, inesperadamente movió sus caderas. En consecuencia, Samantha cayó hacia atrás, mientras aún estaba empalada en su polla. Aterrizando con la espalda contra su pecho, intentó y no pudo enderezarse. Dick esperó mientras ella se movía durante unos segundos, asegurándose de que estuviera estable en su posición.

"Ahora dime, Pequeña, quién está a cargo", susurró.

Aliviada por la ayuda, la petición de Samantha fue simple:

"Por el amor de Dios, simplemente taládrame, nene".

Dick finalmente soltó su culo necesitado cuando estuvo satisfecho con su posición. Brincando como un bronco, la golpeó ferozmente desde abajo mientras ella sostenía su pelvis ligeramente por encima de la suya. Sus gritos, gemidos y súplicas por "MÁS" eran como música para sus oídos. A su esposa realmente le encantaba el sexo anal ... de eso estaba seguro.

Ahora que Dick le estaba dando lo que tanto necesitaba, Samantha estaba en el cielo. A pesar de sus posiciones relativas, ella le permitió con gusto reclamar su cuerpo, haciéndolo suyo. Grande y poderosa, su polla la afectó de una manera que su lengua no podía y las profundidades a las que él hundió sus paredes internas pronto la prepararon para otro clímax. Escucharlo gruñir mientras encontraba placer en su trasero finalmente empujó a Samantha al límite.

"¡Por favor! ¡No! ¡Detente!" Ella suplicó.

Habiendo sentido a su esposa en el precipicio, Dick pronto fue recompensado por sus frenéticos esfuerzos. Cuando finalmente sucumbió, su culo apretó su polla con una fuerza sobrehumana. Una vez que comenzaron sus rítmicas contracciones, permitió que un merecido orgasmo se apoderara de su cuerpo. Chorro tras chorro de su semilla brotó en su recio lascivo mientras él gritaba su nombre con lujurioso placer.

Ya en la cima de los espasmos corporales, Samantha tuvo un clímax emocional cuando él la llamó por su nombre. No había mayor recompensa que inducir el orgasmo de Dick con uno de los suyos y ella prosperó con este subidón sexual. Instintivamente, ella agarró sus caderas como un ancla mientras sus cuerpos temblaban al unísono.

Samantha se derrumbó encima de él después de capear el tsunami sexual. Buscó a tientas durante varios segundos antes de intentar desconectarse de la fuente de su satisfacción sexual. La consumada 'Chica Sucia', disfrutaba con su semen en el culo y quería salvar lo que pudiera. Sorprendentemente, se las arregló para levantarse y girar todo en un solo movimiento, extendiéndose a lo largo de su cuerpo. Saciado, Dick se contentó con dejarse relajar, aunque todavía estaba restringido por las esposas.

Mientras escuchaba su ritmo cardíaco lento, Samantha sintió que él podría estar dormido y decidió que podía dejar libre su juguete sexual de la tarde.

Brevemente, se preguntó si buscaría venganza. Con todo su corazón, lo esperaba ...

Solo el tiempo lo diría.

# DESCUBRIENDO LA ENTRADA TRASERA

Gemí y rodé sobre la cama.

La tenue luz que entraba a través de las cortinas me dijo que había dormido hasta un poco más tarde de lo habitual.

Suspiré y me acerqué las mantas.

Sentí que mi novia se movía ligeramente a mi lado, su culo desnudo presionando contra el costado de mi pierna.

Los recuerdos de la noche anterior empezaron a regresar a mi mente a través de la niebla de la mañana.

Habíamos salido con amigos en la ciudad, una noche tranquila para cenar y charlar.

Cinthya, mi novia, había ganado el lanzamiento de monedas al comienzo de la noche, así que esta vez fui el conductor designado.

Cuando dejamos a nuestros amigos y caminamos de regreso al auto, ella tropezó un poco y la sostuve para que no se cayera.

Aproveché la oportunidad para escabullirme con un beso y agarrar su lindo trasero, haciendo que ella chillara y me diera un manotazo juguetonamente.

"Lo siento, no lo pude resistir", dije con un guiño mientras se movía de nuevo en mis brazos.

Ella se rió y deslizó su mano hacia mi entrepierna y le dio una suave palmadita.

"Yo tampoco podría" ella se rió entre dientes.

Me reí también y la ayudé a llegar a la puerta, haciendo una reverencia dramática cuando entró al auto.

Antes de cerrar la puerta, me paré ante ella y le pregunté si todavía no podía resistirse.

Con una risa, se acercó y frotó mi entrepierna de nuevo, más lenta y ciertamente menos juguetona que la primera vez.

Sentí que me estaba poniendo un poco más duro, pero sabiendo que teníamos media hora de viaje por delante, retrocedí y cerré la puerta.

Mientras regresábamos a mi casa, hablamos de nuestra velada y la discusión giró en torno a July, la amiga de Cinthya, quien recientemente había roto con su novio de toda la vida.

July estaba vestida con una camiseta muy reveladora y Cinthya, con una sonrisa, dijo que se había dado cuenta de que la había examinado un par de veces.

Intenté afirmar que no lo había hecho, pero no sirvió de nada, era culpable de los cargos.

Cinthya dijo que estaba bien, y que sería difícil no revisarla ya que sus tetas estaban en exhibición para que todos las vieran.

"Y hablando de duro ..." bromeó mientras su mano una vez más frotaba mi entrepierna. "¿Esto es por pensar en July?" Preguntó mientras frotaba su palma a lo largo de mi polla rígida.

"No, solo estaba pensando en llevarte a casa y a la cama", dije, alcanzando rápidamente su pecho para agarrarlo con mi mano derecha.

Ella gritó y apretó mi polla a través de mis jeans.

"Siento que no quieres esperar a llegar a casa", dijo, frotándome.

Sus manos se movieron a mi cremallera mientras susurraba "Tal vez deberíamos ver lo que piensa tu polla ..." Cinthya abrió la cremallera de mis pantalones y con un poco de esfuerzo sacó mi polla de mi ropa interior.

"Ahhh, ahí está", dijo mientras acariciaba mi miembro duro como una roca. "No creo que él pueda esperar hasta que lleguemos a casa", bromeó, "creo que quiere jugar ahora mismo".

Con eso, ella se inclinó y apoyó su cabeza en mi regazo y lentamente pasó su lengua sobre la cabeza de mi polla.

Gemí y apreté el volante mientras ella se burlaba de mí.

Nunca había tenido una cabeza de polla en la boca mientras se conducía por carretera y estaba emocionada de marcar esto de su lista de deseos.

Ella deslizó su boca por mi polla y giró su lengua a su alrededor.

Con un gemido ella comenzó a mover su cabeza hacia arriba y hacia abajo, su boca caliente me estaba volviendo loco.

Gemí en voz alta y moví una mano hacia la parte posterior de su cabeza, sabiendo que le encantaba que le tiraran el cabello cuando chupaba la polla.

El ruido sorbido llenó el auto mientras ella continuaba chupándome, pero tomé cada onza de energía que tenía para concentrarme en llevarnos a casa a salvo.

Sacó la boca de mi polla y gimió "Sabes tan jodidamente bien" antes de volver a aspirarla.

Sabía que me estaba acercando al orgasmo, así que le dije que era mejor que bajará el ritmo, pero eso la impulsó a no hacerme caso mientras su cabeza comenzó a menearse sobre mi polla aún más rápido.

Nos acercábamos a una señal de alto y no había autos a la vista, así que me detuve, agarré su cabello con fuerza y descargué un torrente de semen en su boca.

Cinthya gimió al sentir el semen chapoteando en su boca una y otra y otra vez.

No podía recordar la última vez que me había corrido tanto y tan fuerte.

Se incorporó lentamente y me miró a los ojos mientras tragaba cada gota en su boca.

"Llévame a casa", exigió cuando noté que sus dedos se habían deslizado debajo de su falda y estaban haciendo trabajo extra debajo de sus bragas.

* * *

Desperté de mis pensamientos cuando Cinthya se dio vuelta y notó que me estaba acariciando distraídamente mi ahora palpitante erección después de revivir los recuerdos de la noches pasada en mi cabeza.

Se estiró y bostezó antes de acurrucarse a mi lado, su mano se movió hacia abajo para alejar mi mano de mi polla.

"Eso es mío" dijo ella mientras sus dedos me toqueteaban ligeramente.

"Todo tuyo" dije e hice una demostración de mantener mis manos lejos de su posesión.

Lentamente comenzó a bajar en la cama, quitándome las sábanas y las mantas mientras se movía.

"Claro que sí, todo mío", gimió mientras me besaba en su camino por mi estómago antes de besar ligeramente la cabeza de mi polla.

Otro beso llevó a otro pequeño beso, y pronto ella tuvo toda mi polla en su boca una vez más.

Ella sabía cuánto disfrutaba despertarme con una mamada, pero después de la noche anterior quería que ella también disfrutara un poco.

"Trae ese pequeño gatito caliente que tienes aquí", exigí mientras alcanzaba sus piernas.

"No eres la única que tiene hambre esta mañana", bromeé.

Con un giro de sus ojos ante mi mala broma ella giró sus piernas y pronto estábamos en la clásica posición 69.

Por mucho que me encantó sentir mi polla en su boca caliente y húmeda, disfruté jugando con su increíble coñito aún más.

Deslice lentamente mi lengua a lo largo de sus labios, provocando un gemido de Cinthya mientras su boca lentamente subía y bajaba por mi polla.

Sus dedos jugueteaban con mis bolas muy ligeramente, y de vez en cuando sacaba mi polla de su boca, me acariciaba y me decía que comiera su coño.

Moví mis manos alrededor de sus piernas para poder deslizar mis dedos en su coño empapado ahora y ella se empujó contra mí, tratando de follarse en mis dedos lo mejor que pudo.

Después de follarla con el dedo por un momento, deslicé mi lengua hacia atrás y la froté sobre su pequeño clítoris.

"Mmmmm, joder, sí", susurró ella mientras la toqueteaba aún más.

Deslice los dedos de nuevo dentro de ella y con mi otra mano abofeteé su lindo trasero.

"MIERDA SÍ" gimió mientras la abofeteaba de nuevo.

Mientras acariciaba su coño con movimientos largos y lentos, mi otra mano apretó su culo, extendiendo sus nalgas y dejándome ver su pequeño ano.

Con una sonrisa, deslicé mi dedo a lo largo de su vagina, cubriéndolo con sus jugos, y luego deslizándolo hasta su agujero apretado.

Froté suavemente su culo, presionando lentamente mi dedo contra ello.

Mi otra mano continuó trabajando dentro y fuera de su coño caliente y húmedo mientras jugaba con su apretado agujerito trasero.

Pronto me armé de valor para presionar un poco más fuerte contra el ano y la punta de mi dedo entró por su trasero por primera vez.

Manteniéndolo ahí, deslicé mi lengua hasta su coño, la lamí y la toqué un poco más con el dedo en su culo empujando y frotando contra ella lentamente.

Deslicé los dedos de su coño y comencé a jugar con su clítoris, haciendo que ella gimiera y empujara contra mí.

Como resultado, mi dedo en su culo se deslizó más allá del primer nudillo, más allá de lo que había planeado ir.

Volví a poner los dedos en su coño y seguí follando con ella, mi otro dedo todavía estaba alojado en su culo apretado.

Fue entonces cuando me di cuenta de que ya no me estaba chupando la polla, sino que giraba la cabeza en un intento de mirarme.

Sus caderas se mecían ligeramente y ella gimió:

"¿Qué estás haciendo?"

Tartamudeé que estaba disfrutando de su coño, pero ella me preguntó:

"¿Estás tocando mi trasero?"

Tuve que admitir que lo estaba y empecé a disculparme, pero antes de que pudiera continuar la escuché gemir "eso es muy sucio" y sus caderas comenzaron a moverse un poco más fuerte, "jodidamente sucio, tocándome el culo".

"¿Debería parar?" Yo le pregunté

"Joder, no, hazlo más duro" gimió mientras su boca caía de nuevo hacia mi polla.

Presioné mi dedo más firmemente contra ella y fui recompensado con un fuerte gemido.

Renuncié a jugar con su coño y me concentré en su culo.

Llegando a mi mano hasta la mesita de noche, busqué a tientas y a ciegas hasta que encontré la botella de lubricante que estaba buscando.

Deslicé mi dedo de su culo, causando que se quejara.

Luego vertí un poco de lubricante en mi dedo y comencé a frotar el agujero pequeño y apretado con el lubricante antes de presionar mi dedo nuevamente.

Ella respiró bruscamente y presionó su culo contra mí, rogándome que siguiera jugando con su sucio trasero.

Con el lubricante se hizo más fácil deslizarse en su culo, y pronto tuve mi dedo profundamente metido en su culo previamente virgen.

Cuando metí el dedo dentro y fuera, ella gimió más fuerte de lo que nunca antes había escuchado, y sus caderas se mecían con fuerza contra mí, tratando de penetrar cada centímetro en ella.

"Me pregunto qué bien se sentiría tu polla ahí dentro" gimió ella, mirándome.

Le pregunté si hablaba en serio y prácticamente me gritó que me follara el culo ahora.

Ella se apartó de mí y esperó en la cama a cuatro patas.

Vertí más lubricante en mi polla y la acaricié, preparándola para llenar el agujero apretado de mi novia.

"Folla mi culo, folla mi culo" siguió susurrando, sus caderas balanceándose de un lado a otro.

     

Me moví detrás de ella y sostuve mi polla, presionando la cabeza contra su agujero fruncido.

Presioné lentamente y pronto la punta se deslizó dentro de ella, mientras su gemido resonaba en las paredes de la habitación.

Suavemente empujé mi polla en su culo, y sus gemidos se hicieron más fuertes a medida que avanzaba.

Pronto tuve toda mi polla entera enterrada en su culo, mis manos agarrando sus caderas mientras me inclinaba hacia adelante y preguntaba cómo se sentía.

"Joder, se siente tan bien" gruñó ella. "Ahora fóllame mi trasero, fóllame mi trasero, bebé" dijo ella.

Lentamente deslice mi polla hacia atrás antes de sumergirme de nuevo en ella, causando que ella aullara de placer.

El calor de la situación me volvía loco y antes de lo que hubiera pensado estaba listo para explotar.

Le dije que estaba casi allí y ella gimió "¡córrete dentro de mí, llena mi trasero con tu corrida caliente!"

Agarré sus caderas con fuerza y hundí mi polla en su culo, enterrándolo profundamente dentro de ella cuando llegué al clímax.

Con cada arrebato mío podía sentir los espasmos de su cuerpo espasmo hasta que terminé de llenar su culo con mi leche.

Enterró su cara en la almohada y gimió una y otra vez cuando mi polla se deslizó de su culo bien jodido.

Rodé sobre mi espalda junto a ella, recuperando el aliento.

Se quedó a cuatro patas, jadeando.

Volvió la cabeza hacia mí y me dijo con una sonrisa "vamos a poner esa polla dura tan pronto como podamos, necesito otra jodida de esta de inmediato"

# ARRIESGADA APUESTA TRASERA

87

# CAPÍTULO I

Chupitos de tequila, muérdago y la decisión más estúpida de mi vida.

Fue hace diez meses, pero todavía no podía mirar a los ojos de Jeremy Cartwright.

Y me ralla.

No solo por el estúpido, estúpido sexo de la fiesta de Navidad que lamentaba con todo mi ser, sino porque después de la reunión que acababa de soportar realmente, realmente quería mirarlo ahora mismo.

Y no pude porque cada vez que lo miraba pensaba en él ... cuando lo dejaba ...

Oh, qué no haría por un exprimidor mágico del cerebro.

Arriesgué una breve mirada a través de la mesa.

Me estaba sonriendo.

Bastardo.

No podía recordar la última vez que Jeremy cumplió con un objetivo de equipo.

Entonces, ¿por qué me estaba sonriendo al otro lado de la mesa cuando debería haber estado avergonzado?

Porque el hombre no tenía vergüenza.

No fue la falta de habilidad lo que lo detuvo, no, Jeremy era solo vago.

Oso perezoso.

Había ascendido en el escalafón por su encanto, buen aspecto y cero sustancia.

Como alguien que había luchado con uñas y dientes por cada promoción y cada peldaño de la escalera corporativa, sus promociones sin esfuerzo me volvían absolutamente loca.

La pose de chico bueno del sur con la que se había ganado a todos menos a mí.

Seguro que había funcionado con Lucy Sander, la nueva directora del equipo de la División Este.

Lucy, que acababa de acusarme de no ser una jugadora de equipo, por su culpa.

Yo, Nancy Harrison, no soy una jugadora de equipo.

¿No soy una jugadora de equipo?

Yo soy la definición del diccionario de jugador de equipo.

Hice todo por el equipo.

Lo di todo, sangre, sudor, lágrimas y cualquier otro cliché estúpido.

Todo lo que había preguntado era si deberíamos comenzar a tener en cuenta objetivos individuales cuando se trata de bonos trimestrales.

Por la expresión de su rostro, bien podría haber sugerido la matanza de cachorros al por mayor.

No fue solo Lucy quien reaccionó mal; todos me miraron como si fuera Cruella De Ville.

Todos pensaron que tenía algún tipo de agenda malvada para reconfigurar la estructura de bonificación.

No estaba tratando de sacar a nadie de un bono.

Todos habían perdido completamente el significado de lo que dije.

Me encantaba trabajar para Recuperación de Recursos Williams.

Llegué a la empresa directamente de la universidad cuando era solo una empresa incipiente en el campo relativamente nuevo de la recuperación de recursos ambientales y la consulta de reducción de emisiones.

Viví para la empresa y sus ideales, especialmente sus políticas de gestión inclusivas.

Estaba totalmente a favor de fomentar un entorno corporativo cooperativo en lugar de competitivo.

No quería romper por completo el espíritu de los objetivos colectivos.

Solo quería, solo quería ... quería ...

Para castigar al perezoso Jeremy Cartwright.

Eso es lo que quería.

"¿Cuál es tu problema?" Le siseé al otro lado de la mesa, odiando la forma en que sonaba, como una especie de musaraña demente.

Yo no soy así, esta persona enojada y amargada, era por él, solo él, quien me hizo actuar de esta manera.

Él se rió.

Se rió suavemente, como si fuera un poco divertido, lo que solo hizo que lo odiara más.

Éramos los últimos que quedábamos en la sala de juntas.

Me había quedado porque si no hubiera pegado prácticamente mi trasero al asiento, agarrando los brazos de la silla, habría salido de la habitación en un berrinche que terminaba mi carrera.

No me levantaría de la silla hasta que mis piernas ya no me temblaran con la ira inducida por Jeremy Cartwright.

Cuánto quería quitarle su estúpida pose de sonrisas, pero, como si pudiera sentir lo cerca que estaba de romperme, Jeremy se había quedado atrás para burlarse de mí con su risa melódica.

"¿Mi problema, cariño? ¿Cuál es tu problema? Yo no soy a quien se le ponen los nudillos blancos cuando lo pasa mal en las reuniones".

"¿Nudillos blancos? No los tengo, estoy ..."

Mi indignación se desvaneció cuando me di cuenta de que mis dedos se habían entumecido por la pérdida de sangre inducida por el agarre.

Despegando los dedos de los brazos de la silla, respiré hondo y comencé un canto interno.

Estoy calmada.

Estoy calmada.

Estoy calmada.

Estaba haciendo un muy buen trabajo para calmarme: los puntos blancos se habían desvanecido de mi visión periférica y ya no podía sentir mi latido elevado en la frente, cuando él comenzó a tararear.

Ese bastardo rata.

Last Christmas, la canción que había estado sonando cuando nosotros ... cuando él ...

Oh Dios, no debería, no quería volver allí, no ahora.

Me obligué a mirar hacia arriba para encontrarme con sus malvados ojos azules.

Hablé lentamente, en un esfuerzo por evitar que la furia estridente que hervía en mi sangre se filtrara en mi voz:

"Mi problema, Jeremy, es que no puedes alcanzar un simple objetivo para salvar tu vida vaga y sin valor".

"¿De verdad?" él arrastró las palabras.

Justamente lo llamé vago e inútil y el hombre ni siquiera tuvo la decencia de sonar un poco irritado.

Solo inclinó la cabeza, como si le hubiera dicho algo interesante.

"Nancy, cumpliré con esos objetivos. De hecho, no solo los cumpliré cariño, sino que superaré los tuyos".

No pude evitar el fuerte resoplido.

Tenía que estar bromeando.

¿En serio?

No había forma de que hablara en serio.

En el último año, ni siquiera estuvo cerca de alcanzar el objetivo.

"Correcto. Sí".

Me incliné sobre la mesa y puntué cada palabra con un movimiento burlón de mi cabeza.

"En... tus... sueños."

La fachada de chico bueno del sur desapareció momentáneamente y los suaves ojos azules se volvieron helados.

"¿Quiere apostarse algo señorita Harrison?"

De repente, me preocupé, miedo en realidad, lo que no tenía ningún sentido porque su bravuconería no tenía ninguna posibilidad de atraparme y mucho menos sobrepasarme.

Los objetivos debían presentarse en menos de tres semanas.

Pero, por alguna razón, no quería apostar.

No quería arriesgar a conocer la intención de lo que sea que estuviera al acecho en esa mirada glacial.

No respondí.

Decidiendo ser el adulto, me levanté y rodeé la mesa en dirección a la salida.

Con cada paso alejándome, le dejaba claro que era demasiado madura para jugar con estas cosas.

Estaba disfrutando jugar la carta de madurez, pero cuando lo rocé, él extendió la mano y me tomó del brazo.

"¿Estás temerosa?" me desafió con ese suave acento sureño suyo.

Sacudí su mano.

"Sí. Claro. Estoy temblando. Absolutamente aterrorizada. Temblando hasta mi culo".

Me volví, incliné mi trasero hacia él y lo sacudí, moviéndolo como un extra en un video musical de rap.

Gran error mío.

Él se rió.

Un rumor delicioso que sin duda hizo que todas las orejas femeninas que pudieran estar escuchando suspiraran por el sonido, todas excepto yo.

Se puso de pie, se inclinó más cerca, tan cerca que su barbilla áspera me rozó la oreja y tuve que luchar contra un escalofrío.

Mientras se apoyaba contra mi trasero, murmuró:

"¿Qué tal si apostamos por ese trasero?"

Me di la vuelta y lo empujé con un empujón con las dos manos contra su pecho.

"¿Qué?"

"La apuesta es por tu trasero, señorita Harrison. ¿Demasiado fuerte para ti? ¿Quieres dar marcha atrás?"

Miré a las puertas abiertas de la sala de conferencias para comprobar que nadie había escuchado sus palabras antes de susurrarle.

"La apuesta va en ambos sentidos amigo. ¿Estás listo para enfrentar esa pérdida, chico bonito?"

Miré fijamente su trasero lo que lo hizo reír de nuevo.

"Creo que estoy bastante seguro con eso", dijo.

Lo que me hizo enojar.

Ridículamente furiosa.

Lo suficientemente estúpida como para extender mi mano y decir:

"Lo tienes como un chico bonito".

Estúpida, no porque pensara que podía ganar, sino porque estaba cediendo a su pretensión de involucrarme en esta apuesta.

"Cariño, te voy a azotar la próxima semana", dijo con una mirada a mi mano extendida lo que me desconcentró.

"Es lo que te gustaría."

Lo fulminé con la mirada, lo que solo hizo que su sonrisa se convirtiera en una amplia sonrisa.

Estaba a punto de retirar mi mano extendida cuando la tomó y me atrajo hacia él.

Se inclinó, su boca contra mi oreja, el sándalo y el aroma del hombre ardió con él.

"Oh cariño, los dos sabemos la verdad. ¿No?"

El sonido de su voz.

El olor de su piel.

El calor de su cuerpo contra mí me hizo retroceder.

Otra vez los malditos Wham ronroneando en la canción.

Muérdago colgado en la puerta de la oficina.

El sabor del ron y el pastel de fondant en sus labios.

El calor de su mano golpeando mi trasero.

El duro borde de madera del escritorio mordiéndome mis huesos de la cadera.

El sonido de mi voz gritando en el orgasmo, rogando por más.

Esa noche.

Esa noche estúpida e imprudente había rodeado un dedo mojado con mis propios jugos contra mi ano.

Una y otra vez se había burlado de ese lugar secreto, cada golpe un poco más profundo, hasta que empujó todo dentro.

Su profunda voz retumbaba en mi oído diciéndome que la próxima vez que me cogiera sería por allí.

Me sacudí el recuerdo.

No había habido la próxima vez.

No habría la próxima vez.

No había suficiente tequila en el mundo para hacerme volver a esa situación.

"Estás tan tensa, Nancy. Tan nerviosa. Puedo ayudarte con eso", murmuró mientras bajaba la mano para descansar en la curva de mi trasero.

Un disparo de calor se disparó a través de mí al notar su tacto.

Me alejé avergonzada de lo mojada que me habían puesto los recuerdos.

¿De qué se trataba este hombre?

¿Cómo podía hacerme enojar tanto y aun así quererlo?

Estaba a punto de retractarme de la apuesta.

Decirle que todo fue un gran error estúpido cuando, em ese momento, acercó un dedo a mis labios.

"Shh, Nancy, no hay tiempo para hablar, tengo que volver al trabajo si voy a superar tus cifras".

Y luego se fue.

No muy rápido.

Aún en esa forma sureña de "todo el tiempo del mundo", salió de la sala de conferencias y regresó a su oficina.

# CAPÍTULO II

Tracy me encontró en mi escritorio.

Como sabía que aquí estaría.

Había evitado deliberadamente el comedor con la vana esperanza de poder librarme de esta conversación, pero todo lo que parecía haber hecho era retrasar lo inevitable.

"Entonces", dijo, inclinándose sobre mi escritorio, "Te pareces al Grinch. Escuché que estás tratando de robar nuestros bonos colectivos".

No respondí.

Se sentó en mi silla de invitados sin preguntar y se acercó, trayendo consigo un montón de tabaco y aroma de marihuana.

"Sabes cuál es el problema, ¿verdad?"

Sabía a dónde iba esto.

Donde siempre fue con Tracy ...

"Necesitas sacarte a ese hombre de la cabeza"

... debajo del cinturón.

Según Tracy, no había una maldita cosa en el mundo que no se pudiera arreglar siendo una buena puta.

Desde la crisis en el Medio Oriente hasta un mal día: siempre se las arreglaba para encontrar una manera de reducirlo todo al sexo.

Suspiré y bajé la cabeza para golpear suavemente el escritorio.

"Recuérdame de nuevo, ¿por qué exactamente eres mi mejor amiga?"

Ella se echó a reír, con un sonido dulce mezclado con áspero, producto de un afecto de por vida por los sabores de Lucky Strike.

"Porque necesitarías dejar el trabajo para encontrar a alguien más y ..."

Interrumpí, terminando su oración...

"... Sé todo sobre ti, así más que tú de todos modos".

"Wow. Huh."

Me acarició la cabeza hacia abajo.

"Necesitas un corte de pelo, cariño. ¿Por qué no te vas temprano hoy? Dios sabe que te deben horas".

Me incorporé y me pasé una mano por el pelo, recogiendo mi largo flequillo.

"No puedo, necesito ..."

"Necesitas que te follen. Debes cortarte el pelo. Necesitas una vida. Eso es lo que necesitas. La tierra no se va a hundir en el caos del carbono porque dejas la empresa un poco antes para arreglarte".

Suspiré.

Mi flequillo una vez más cayendo sobre mi cara.

Lo soplé con una bocanada de aire.

Tal vez ella tenía un poco de razón, pero sabía que yo era demasiado terca para admitirlo.

Nos miramos la una a la otra, yo frunciendo el ceño a través de una cortina de cabello y ella sonriendo, esa sonrisa perfecta de reina de la belleza.

Me sonreía con una falsa sonrisa.

Me quebré primero.

Si no hubiera sido por esa reunión y el estúpido Jeremy Cartwright, tal vez habría tenido la resistencia para mantener la mirada impertérrita, pero claudiqué.

Fue su culpa.

Todo había sido culpa suya.

"Está bien", dije.

Tracy se puso de pie.

"Sé que tengo razón", dijo mientras su sonrisa de reina de la belleza se convertía en una gran sonrisa.

"No dije que tuvieras razón".

Se tapó la oreja con la mano y dijo:

"¿Qué fue eso? No escuché nada después de que dijiste que tenía razón".

Murmuré un inútil "Perra" mientras ella se retiraba.

Se detuvo en la puerta y me dijo por encima del hombro:

"Oh, te reservé una cita para las cuatro con Dustin en la peluquería. No llegues tarde. Y haz lo que te digan".

"¿Qué? Solo quiero un corte de pelo. Nada más", grité, pero ella ya había dado la vuelta a la esquina.

# CAPÍTULO III

Regresé al día siguiente con el pelo recortado, teñido, pulido, encerado, y casi cuatrocientos dólares más pobre.

A pesar del inesperado desembolso de efectivo, me sentía bastante bien conmigo misma, hasta que lo vi.

Estaba apoyado contra el marco de la puerta de la oficina, luciendo como uno de los grandes felinos que había visto en Discovery Channel anoche.

Con su cabello rubio rojizo y su sonrisa depredadora, era fácil imaginar su cabeza como la cabeza de un orgullo de león.

Pasó sus ojos desde mi cabeza a los pies para luego lentamente subir su mirada a la inversa para acabar nuevamente en mi cara.

Me puso nerviosa la forma en que me miraba.

Me detuve.

Me detuve justo en el medio del pasillo.

No me había dado cuenta de que me había congelado como una presa aturdida hasta que alguien pasó al lado mío rozándome el brazo y reaccioné.

Él se rió.

Furiosa, me acerqué a él y le di una palmada en el pecho.

La atrapó, sujetándola con fuerza.

"¿Qué?" dijo con una molesta falsa inocencia.

Resoplé, aparté mi mano de la suya y lo empujé para continuar hacia mi oficina, tirando mi bolso sobre el escritorio.

Annabelle, la mujer con la que había compartido el despacho los últimos dos años, estaba de baja por maternidad, así que tenía la oficina para mí sola.

Me gustaba de esa manera.

No era realmente una chica que le gustara el espacio compartido.

Y en un mundo perfecto tendría una oficina para mí sola en una esquina.

Jeremy entró sin preguntar y posó su apretado trasero sobre el escritorio de Annabelle.

Lo ignoré, encendí la computadora y revisé mis correos electrónicos como si no él no estuviera en el despacho.

Se aclaró la garganta.

Mantuve mis ojos fijos en la pantalla.

Él se rió y sentí un pulso enojado comenzar a latir en mi frente.

"Te ves preciosa querida".

Me giré para mirarlo.

Entonces me halagaba, ¿se esperaba que le agradeciera algo ahora?

Poco improbable que sucediera.

"Lo sé", dije con un gruñido.

Riéndose, dio un paso adelante para apoyarse en mi escritorio.

Apartó los papeles de la mesa y se apoyó en ella sobre sus codos.

Pinche arrogante.

Lo fulminé con la mirada.

Se inclinó más cerca de mí.

"Tracy me dijo que te fuiste temprano ayer para una visita al salón de belleza".

Asentí.

Levantó una mano y tiró de un mechón rizado de mi cabello.

"Te arreglaste el pelo".

Asentí de nuevo.

"¿Algo más?"

Me aparté del escritorio, volteé la silla para alejarme de él.

Por su olor.

Por su presencia.

Sus ojos se deslizaron por mi cuerpo y se detuvieron deliberadamente en la unión de mis piernas.

Su mirada era un calor abrasador que sentí latir entre mis muslos tensos.

Me habían depilado.

Más de lo que esperaba, aparentemente Tracy le había explicado a Dustin algunas peticiones especiales.

Me resistí al depilado completo, ya que prefería que mi campo de juego fuera al menos ligeramente herboso.

¿Cómo lo supo él?

"Tracy", murmuré.

Él se rió, se apartó del escritorio para ponerse de pie y asintió.

"¿Te lo dijo? ¿Te contó sobre mi depilación?"

¡No podía creer que ella hiciera eso!

¿Por qué ella haría eso?

Se rio de nuevo, más fuerte.

Cuando terminó, dijo:

"Oh, cariño, ella me dijo que habías estado en el Salón. Me dijo que te lo habías depilado todo".

Mi cara se puso roja como un camión de bomberos.

"¿Lo hiciste por mí?" preguntó, ladeando la cabeza.

"¿Qué si lo hice? ¿Qué si lo hice?" Tartamudeé, "¿Hablas en serio? ¿En serio me preguntas eso?"

"No. En realidad, no. Simplemente me gusta jugar contigo. Será mejor que vuelvas al trabajo. Entonces, si tienes en cuenta qué tan temprano te fuiste ayer, tendrás hoy que ponerte al día".

Todavía estaba con la boca abierta mucho después de que él se fuera.

# CAPÍTULO IV

Tracy me encontró de esa manera.

"Oh nena, el cabello se te ve genial. ¿Qué? ¿Qué?" Ella miró por encima del hombro. "¿Qué estás mirando?"

Sacudí mi cabeza.

Ella asintió y se sentó en el escritorio de Annabelle.

"Aaah, Jeremy estuvo aquí, ¿no?"

"Sí, estuvo. Gilipollas".

"¿Por qué odias tanto a ese hombre?"

"Es perezoso. No ha hecho nada desde que llegó aquí. Simplemente aparece luciendo perfecto y obteniendo todo lo que quiere".

"¿En serio? Hmmmm".

Tracy arqueó una ceja e inclinó la cabeza.

"¿Que se supone que significa eso?" Exclamé.

"El mundo es todo blanco y negro para ti, ¿no? Bueno y malo. Sin sombras de gris".

"No hay gris aquí", dije adelantando el informe del último trimestre que había estado leyendo ayer por la tarde, "Aquí está en blanco y negro quién trabaja y quién no. Jeremy no. No lo ha hecho desde que se transfirió desde Chicago el año pasado ".

Tracy sacudió la cabeza.

"A veces, cariño, la verdadera historia no está en los papeles. Está en la persona".

"Conozco a la persona", le dije, "Es un imbécil arrogante. Esa es la persona. Mira, tengo que trabajar. Si todo lo que tienes ahora son opiniones crípticas sobre Jeremy Cartwright, podemos reprogramar esta conversación para el almuerzo ... ¿O tal vez nunca?

Tracy volvió a negar con la cabeza antes de asentir rápidamente y caminar hacia la puerta para irse.

Se detuvo en la puerta, se volvió y dijo:

"Piensa, Nancy, cariño, que hay más en la vida que solo hacer un buen trabajo. Jeremy Cartwright es lo único que te ha apasionado algo además de la reducción de emisiones de carbono o la campaña del presidente. Quiero que pienses en eso. Seguramente eso significa algo ".

"No significa nada. Él no significa nada".

Ella se encogió de hombros y dijo sobre su hombro mientras se iba:

"No te estoy diciendo que te cases con el chico. Solo jódelo un poco".

Tan enojada como me había hecho con todos sus crípticos comentarios sobre Jeremy, no pude evitar reírme de su respuesta.

Fóllalo un poco.

Ya lo había hecho.

En este mismo escritorio, de hecho.

Mis pezones traidores se endurecieron ante el recuerdo.

Apagué el flashback antes de que se apoderara de todo mi cuerpo y volví a la pantalla de mi computadora.

Tenía trabajo que hacer, no tenía tiempo para Jeremy Cartwright.

# CAPÍTULO V

Trabajé hasta el almuerzo.

Tracy asomó la cabeza brevemente para regañarme, pero la ignoré y seguí con lo mío.

No fue hasta que levanté la vista de la pantalla de la computadora para estirar mi dolor de espalda que me di cuenta de que las luces del pasillo estaban apagadas.

Estaba oscuro.

Miré mi reloj y vi que eran casi las nueve de la noche.

Mi estómago gruñó en protesta.

Me aparté de mi escritorio, me puse de pie y fui a buscar la máquina expendedora más cercana.

Estaba parada frente a la máquina expendedora tratando de justificar la combinación de varios sobres de comida envasada como una cena nutritiva cuando las puertas del ascensor se abrieron.

Lo olí antes de verla.

Comida tailandesa.

El aroma a lima picante y ajo flotaba en el aire casi haciéndome desmayar.

"¿Pringles para cenar?"

"Y un sobre de cacahuetes", respondí.

Jeremy se rio.

"Cierto, porque eso hace toda la diferencia".

"Claro que lo hace."

Sosteniendo los Pringles dije:

"Papas", y luego los sobres de cacahuetes, "Semillas".

Levantó la bolsa plástica de comida que sostenía en su mano izquierda,

"Tailandesa de Cartwright. Suficiente para dos. ¿Quieres un poco?"

Sacudí mi cabeza mientras mi estómago gritaba un vergonzoso gruñido diciendo que sí.

Jeremy miró intencionadamente mi estómago todavía quejumbroso, la comisura de su boca temblando en una sonrisa divertida.

"Está bien", dije extendiendo la mano para agarrar la bolsa de su mano, "hagamos esto entonces".

"Con una aceptación tan amable, estoy más que feliz de cumplir".

Extendió su mano frente a él y me hizo una pequeña reverencia.

"Por favor abre el camino".

Fruncí el ceño, giré sobre mis talones y me dirigí hacia la sala de descanso.

Me agarró del brazo, sus dedos se apretaron alrededor de mi muñeca.

"Uh, uh", dijo, "en mi oficina".

"¿Por qué?"

"Porque es mi comida y puedo decir dónde la comemos".

Quería decirle dónde meterse su comida, pero la idea de volver a los Pringles y una cena de cacahuetes me hizo reprimir las palabras.

"Bien", dije sacudiendo mi brazo de su mano.

Soltó mi muñeca y con una leve sonrisa acercó su mano a mi cara.

Pasó un dedo por mi frente hasta la mandíbula y luego metió un mechón de cabello suelto detrás de mi oreja.

Contuve el aliento para que no se soltara.

Él se acercó.

Suspiré, cerré los ojos, incliné la barbilla y esperé, listo para un beso que no llegó.

Él se alejó.

Sentí la pérdida de su cercanía cuando un escalofrío recorrió mi cuerpo.

¡Qué tonta!

¿En qué estaba pensando esperando que me besara?

Levanté la vista, esperando verlo sonriéndome, pero en cambio ...

El aire salió de mis pulmones nuevamente cuando me encontré con sus ojos.

Fuego azul.

El calor se apoderó de mí.

Una ola de deseo que casi me dobla las rodillas.

"Vamos", dijo.

"¿Vamos?"

Señaló la bolsa de plástico olvidada que colgaba de mi mano.

"Oh, la cena", dije y asentí, andando para seguirlo a su oficina.

Su oficina estaba en una esquina.

Con dos ventanas con vistas espectaculares y sin tener que compartir.

Otra razón para que no me guste.

No encendió la luz cuando entramos, lo que me pareció bastante extraño.

Estaba a punto de encender la luz cuando encendió una lámpara de escritorio que bañó la habitación en un suave color amarillo.

"Bien", dije señalando la vieja lámpara de escritorio de latón.

"Mi abuelo me la dio", respondió mientras sacaba su silla de detrás del escritorio y la colocaba al lado de la silla de invitados. "Puedes sentarte."

Lo hice, deseando que él no hubiera movido su silla tan cerca del mío.

Su rodilla chocó contra mí cuando se sentó.

Metió la mano en la bolsa y sacó los pequeños cartones de comida, dos botellas de agua y dos juegos de cubiertos.

¿Dos?

Tomé los cubiertos ofrecidos y no pude evitarlo.

Nunca podía hacerlo.

La curiosidad sin respuesta me reconcomería.

"¿Por qué dos juegos?" Yo le pregunté.

"Sabía que todavía estabas aquí. Sabía que no habías comido".

"¡Oye!" Protesté señalando el envase de tailandés Cartwright que había colocado encima de mis rodillas sobre mi falda.

Él rodó los ojos.

"Comida de verdad. Sabía que no habrías comido comida de verdad".

"Entonces", dije empujando un tenedor sobrecargado y lleno de fideos tailandeses en mi boca, "¿Por qué te importa?"

"Me importa", dijo fijando esos ojos azules en mí.

De repente estaba nerviosa.

Entonces hice lo que me vino naturalmente en esos momentos.

Comencé un balbuceo incoherente de información inútil:

"Los tailandeses no usan palillos. No hay palillos. ¿Sabías eso? Un tenedor y una cuchara. Eso es lo que usan. Una de las pocas naciones asiáticas que lo hace. El tenedor se usa para colocar comida en la cuchara. Comes de la cuchara. Después de la anexión del ... "

Extendió la mano suavemente tocando mi rodilla.

Me sorprendió y detuvo mi balbuceo.

"Come", dijo.

"Está bien. Como".

Comimos en silencio.

Comí más de lo necesario para mantener mi boca ocupada.

De lo contrario, habría dejado escapar todas las preguntas que me picaban justo debajo de la superficie.

¿Por qué le importaba yo?

¿Qué quería de mí?

"Gracias por la cena", dije, tomando un último trago de mi agua antes de levantarme.

"No hay problema", respondió enganchando su mano alrededor de mi cadera y arrastrándome hacia él.

Tropecé, separando las piernas para mantener el equilibrio.

Empujó un muslo entre mis piernas abiertas y se abrió más mientras me empujaba hacia abajo, obligándome a montarlo a horcajadas.

Ambas manos se deslizaron por mi falda tirando de la tela hasta que se agrupó alrededor de mis caderas.

Sus pulgares recorrieron mis muslos internos, hasta que rozaron el borde de mis bragas.

No pude evitarlo, me balanceé hacia delante con obvia invitación.

Se rio entre dientes.

El sonido casi me exasperó, pero sus dientes encontraron mi pezón.

Mierda.

El calor me atravesó mientras tiraba bruscamente de la punta tierna.

Áspero.

Duro.

Si.

Sí, eso es lo que quería.

Lo que necesitaba

¿Cómo lo supo él?

Sus dedos se apoderaron de la parte redonda de mi muslo, mordiendo la piel cuando su pulgar cayó bajo el borde elástico de mis bragas.

Se movió más abajo, sumergiéndose en el charco de calor húmedo que su toque había creado.

Empujó dentro, cubriendo su pulgar y luego lo arrastró hasta mi clítoris.

Mierda.

Resbaladiza y mojada por mi necesidad, su pulgar tocó mi clítoris con precisión.

Me balanceé en su mano, arqueando mi espalda y empujando contra el pulgar, instándolo.

"Dime", dijo, su boca aún en mi pezón, sus palabras vibrando contra mi piel.

"¿Qué?"

"Dime que quieres esto ... que quieres que te lo haga".

Sus palabras penetraron la niebla de la lujuria y me trajeron de vuelta al mundo real.

¿Qué demonios estaba haciendo en celo en el regazo de Jeremy Cartwright?

"¡No!" Enderecé mis pies en el suelo y empujé hacia arriba.

Me levanté de su regazo para pararme delante de él.

Su mano se deslizó de mis bragas cuando lo hice.

Puse mis manos sobre sus hombros para mantener el equilibrio y salí de su regazo.

Con manos temblorosas alisé mi falda hacia abajo.

Cuando ya no estaba expuesta, dije:

"No quiero esto. No te quiero a ti".

Él se rió, un sonido hueco.

Llevándose el pulgar todavía húmedo a la boca, arrastró la punta por el labio inferior y luego pasó la lengua por la mancha.

"Mientes", dijo, "lo sabes. Y lo sé".

"Basura. No eres tú. Simplemente ha pasado un tiempo desde que lo he hecho. Podría haber reaccionado a cualquiera que me hubiera checo eso".

"¿Cuánto tiempo?" preguntó.

Diez meses, pensé, pero respondí:

"No es asunto tuyo".

"Vete entonces", dijo, señalando a la puerta, "Huye Nancy. Estás a salvo en tus pequeñas mentiras por ahora".

"¿Qué quieres decir por ahora?"

Me maldije por responderle.

¿Por qué no podía dejarlo estar?

¿Por qué siempre tenía que saber?

Dio un paso hacia mí.

"Cuando gane nuestra apuesta. Antes de tomar ese trasero tuyo, voy a hacer que lo admitas. Admitir que me quieres".

"¿Sí? Tú ..." me detuve antes de parecer demasiado tonta, pero no pude evitar dar un paso y perforar un dedo en su pecho.

Retiró mi dedo de su pecho y encerró mi mano en la suya.

"Me rogarás, Nancy Harrison".

"Ni en tus sueños", siseé, me aparté y salí de su oficina.

Estaba dos pasos por el pasillo cuando me detuve, me di la vuelta y volví a su puerta abierta.

Estaba sentado en su escritorio, mirando extrañamente la lámpara de su escritorio.

"Gracias por la cena."

Levantó la vista y me lanzó una sonrisa que, si estaba remotamente inclinada a ser honesta, tendría que admitir que mis rodillas se volvieron agua.

En lugar de ser sincera, solté un gruñido enojado y volví al pasillo.

# CAPÍTULO VI

"Hizo trampa", susurré mirando con la boca abierta el correo electrónico que acababa de recibir.

"¿Quién hizo trampa?" Tracy preguntó.

Estaba sentada en el borde de mi escritorio inspeccionando sus uñas, esperando que terminara para que pudiéramos tomar unas bebidas después del trabajo.

"Jeremy Cartwright ha superado los objetivos".

"Lo sé", dijo con total indiferencia a la mezcla de adrenalina, pánico, lujuria y rabia que giraba en partes iguales a través de mi cuerpo.

No le había contado a Tracy sobre la apuesta.

Era demasiado estúpido e infantil hablar de eso y, como tenía que ver con Jeremy Cartwright y el sexo, no tenía dudas de que Tracy estaría de su lado.

"¿Qué quieres decir con que sabes?"

"Acaba de recuperar la carga completa de su cuenta. Así que, por supuesto, encabezará la lista".

"¿Qué?" la palabra me salió como un chillido agudo.

"Ha estado a medio tiempo en la oficina. Vino aquí desde Chicago para cuidar a su abuelo. Pero ahora este ingresó a un centro de atención de la tercera edad a tiempo completo, así que él regresó también a tiempo completo en el trabajo".

"¿Cómo no supe esto?"

"¿Quizás porque nunca sales de tu oficina? Quizás si hablaras con alguien que no sea yo ..."

Levanté la mano.

"Vaya, entonces sí te hablo a ti. Así que ¿por qué no me lo dijiste?"

"Después de la jodida fiesta de Navidad, tenías las bragas tan colocadas", suspiró, y, levantando los dedos para hacer comillas, dijo: "me prohibió mencionar su nombre".

OK, entonces tal vez todo esto era cierto.

Quizás no era tan vago como pensaba.

Pero ciertamente era tan astuto como pensaba.

Él sabía que volvería a tiempo completo.

¡La apuesta estaba amañada!

Inclinada a su favor todo el maldito tiempo.

"¿A dónde vamos a tomar algo?"

Ella frunció el ceño.

"Harry´s, donde siempre vamos".

"No. Vamos a Irishman".

"¿Irishman?" Tracy alzó las cejas tan alto que casi se le dispararon de la cara. "Odias a Irishman. Ahí es donde todos van".

"Lo sé."

Ahí es donde estaría él.

El astuto mentiroso rata y bastardo.

# CAPÍTULO VII

Él no estaba allí.

Otra razón más para que mi enojo aumentara.

Odiaba a Irishman.

Era uno de los sitios favoritos de los típicos oficinistas vestidos de bróker y desafortunadamente, debido principalmente a la proximidad, de Recuperación de Recursos Williams.

Me enfurecí durante unos treinta minutos para que llegara el hombre del momento.

No lo hizo, así que dejé a Tracy inconscientemente feliz con su cóctel (y con un ingenuo y joven banquero mercantil) y volví a cruzar la calle para ver si todavía estaba en su oficina.

Hay estaba.

Aparentemente esperándome, porque cuando abrí su puerta, él hizo poco más que recostarse en su silla y sonreír.

"Hiciste trampa."

"No es exactamente cierto, señorita Harrison. Toda la información estaba disponible para ti. Simplemente no la obtuviste o no te pareció interesante conseguirla".

La verdad de sus palabras me picó.

"Hagamos eso entonces", dije en un destello de bravuconería cargado de adrenalina que lamenté en el momento en que mis labios se sellaron alrededor de las palabras.

"Cierra la puerta", emitió la orden y se levantó.

Mi corazón latía con fuerza.

Mi garganta se contrajo.

Me giré hacia su puerta pensando en una fuga.

No estoy segura de cómo exactamente mis dedos temblorosos pudieron activar el mecanismo de bloqueo.

Me volví hacia él.

El calor y el escalofrío aterrador cabalgaron en olas contradictorias sobre mi cuerpo.

Comencé a sudar al mismo tiempo que pequeños pinchazos recorrían mi piel.

Recordé que sobre su escritorio había dicho que me deseaba, así que, con las piernas flojas por el miedo, me puse de pie hasta que mis muslos chocaron contra la madera.

Se había movido del escritorio para aparecer detrás de mí.

Arreglé mis piernas, cerrando mis rodillas.

Me negué a dejar que me viera temblar.

Se acurrucó cerca.

Podía sentir el calor de su cuerpo.

Giré la cabeza, mirando por encima del hombro, pero sin hacer contacto visual.

"¿Con falda o sin falda?" Pregunté con fingida indiferencia.

Él se rió entre dientes, un sonido retumbante que vibró contra mi cuello.

"¿Tan ansiosa estás?", murmuró.

"Solo hazlo ya", solté las palabras con los dientes apretados.

"No", dijo.

"¿Qué quieres decir con no? ¡Fue tu estúpida idea!"

Me di la vuelta y me encontré atrapado entre sus brazos.

Se había inclinado para descansar las palmas sobre el escritorio.

Él habló contra la curva de mi cuello.

"No, no quiero hacerlo", sus labios arrastraron besos suaves por los tensos tendones entre cada palabra, "Yo te quiero a ti. Húmeda. Queriendo. Mendigándolo".

"No rogaré", dije mientras arqueaba el cuello hacia atrás para darle a su boca pecadora más espacio para moverse.

"Vas a hacerlo." Acercó una mano a mi barbilla para levantar mi cara y mirarlo. "Te encantó la última vez. Querías más, ¿no?"

Luché contra el agarre que tenía en mi barbilla y sacudí mi cabeza.

Bajó su boca hacia mí, sus labios se movieron sobre los míos y dijo: "Mentirosa".

Me abrí a él sin pensar.

Dejé que su lengua llegara a la mía, suspirando de placer mientras la punta húmeda me jugaba tan bien.

Bueno.

Tan bueno.

Así es como había caído la última vez.

No había sido el tequila.

Había sido su boca.

Eso es lo que me había intoxicado para abrir mis piernas.

Me arqueé hacia él, amando la sensación de su duro pecho presionando mis senos.

Su boca dejó la mía y no pude evitar el suspiro decepcionado que emitió la pérdida.

Se puso de rodillas.

Lo miré mientras sus manos subían lentamente por mis pantorrillas.

Sus manos se detuvieron en mis rodillas para abrir más mis piernas.

Lo hice sin protestar.

Debajo de mi falda llegaron los dedos.

Deslizándomelos, deslizándomelos a lo largo de la piel suave y sensible de mis muslos internos.

La falda atrapaba mis piernas y cuando intenté abrirlas más, de repente quise quitármela.

Lo quería todo fuera.

Llevé mis dedos a la cremallera lateral de mi falda, pero no cedió.

Busqué a tientas por la falda.

Frustrada, dejé escapar una maldición que lo hizo reír.

La realidad intervino ante el sonido y me di cuenta de lo rápido que había sido capitular.

Me enfureció la idea: Oh, ¡cómo debe amar eso!

Solté el cierre en un resoplido y miré hacia abajo, lista para decirlo algo sarcástico cuando vi sus ojos.

No había risa allí, ningún triunfo, solo una cruda necesidad desnuda.

Me golpeó fuerte.

El aire salió de mis pulmones en un murmullo.

La realidad se disolvió con la necesidad que tenía de ser follada.

El aire cambió entonces en ese momento.

Se volvió eléctrico, chispeando con la yesca de nuestra necesidad.

Rasgué el costado de mi falda.

Un sonido desgarrador que rasgó el aire, pero no me importó.

Lo quería todo fuera.

Todo fuera.

Ahora mismo.

Me ayudó a bajarme la falda.

Se acumuló a mis pies dejándome de pie solo con mis zapatos de tacón y con medias hasta la rodilla.

Fui a quitarme los zapatos, pero él negó con la cabeza y soltó la palabra

"No".

Llevaba bragas simples.

Nada lujoso, sin encaje, solo algodón rosa, pero aun así lo hicieron gemir.

Sentí una oleada de placer ante el sonido.

Sus dedos atacaron mi blusa, tirando de los botones perlados con total desprecio.

Escuché un ping en la estantería cuando abrió mi blusa.

Entonces se puso de pie y pasó la blusa sobre mis hombros, pasando su mano por mis brazos para quitarla por completo.

Se alejó y me miró.

Luché contra el impulso de cubrirme, hundiendo mis dedos en el borde del escritorio.

El tiempo se detuvo mientras miraba hasta llenarse.

El jadeo de mi respiración rompió el silencio de la oficina.

Esperé.

Tiempo.

Mis pezones se hincharon dolorosamente, mi coño mojado esperaba.

No estaba acostumbrada a esperar.

El control no era algo a lo que me rindiera fácilmente.

Estaba tensa como una cuerda vibrante mientras esperaba que él hiciera su movimiento.

Sus movimientos parecían deliberadamente lentos cuando volvió a pararse cerca.

Como si se hubiera calmado después de la urgencia de quitarme la ropa.

Él no habló, en su lugar murmuró indistintos sonidos de placer mientras deslizaba sus manos sobre mi piel.

Él me exploró como mapeando mi topografía, con los dedos siguiendo cada inmersión y curva con intensa concentración.

Gemí y moví mis caderas, impaciente por que los dedos se movieran hacia el sur.

Él ignoró el movimiento insistente de mis caderas y continuó con su exploración tortuosamente lenta.

Cuando sus dedos se deslizaron por la curva de mi estómago y rozaron el borde elástico de las bragas, gruñí:

"Sí".

Pensé que se hundiría más y finalmente tocaría mi coño, pero en lugar de eso acercó sus manos a mis caderas y me giró para ponerme de pie frente al escritorio.

Sus dedos se movieron burlonamente a través de mi culo y luego se deslizaron hacia abajo para ahuecar mis tobillos, separando más mis piernas.

Tuve que inclinarme hacia adelante para mantener el equilibrio, apoyando los codos en su escritorio.

Las manos masajeantes subieron por mis pantorrillas, los dedos talentosos cavaron en el músculo hasta que el tiempo se volvió casi líquido.

Cuando llegó a mis rodillas puso su boca en juego, arrastrando besos húmedos en la curva sensible.

No pude evitar el balanceo de mis caderas, mi cuerpo se movió sin pensar, meciéndose de placer.

Suspiré cuando sus pulgares se clavaron en mis músculos, calmando los nudos y los dolores.

A donde iban sus dedos, seguía su boca, besándome, mordiendo, lamiendo y finalmente acariciando con el rastrojo de su barbilla.

Cuando sus manos se acercaron para tomar mi trasero, esperé, lista para que me quitara las bragas.

Él no lo hizo.

En cambio, deslizó sus pulgares debajo del borde cuadrado de las bragas juveniles y las levantó.

Tiró hasta que la tela se metió entre mis nalgas y se balanceó contra mi raja húmeda y el clítoris palpitante.

Me puse de puntillas con un jadeo mientras él tiraba de mis bragas con un efecto devastador.

Podría venirme así.

Me di cuenta cuando la tela mojada me acarició el clítoris.

Retrocedí, instándolo a seguir con mis jadeos y gemidos.

"Sí. Sí", gemí al sentir el principio de un orgasmo inminente.

Y se detuvo dándome una palmada en el culo.

"Todavía no", dijo, y literalmente mordí el impulso de gritar, hundiendo mis dientes dolorosamente en mi labio inferior.

Me despojó de mis bragas en un solo movimiento.

Sus dos manos tomaron los bordes y las bajaron rápidamente.

Me tocó la pierna cuando las bragas, estiradas hasta el límite, llegaron a mis rodillas.

Como no me moví lo suficientemente rápido, rasgó las bragas por el refuerzo.

Los dos restos cayeron sobre mis zapatos.

No tuve tiempo de protestar.

En el momento en que mi trasero estaba desnudo, deslizó mis piernas más y metió su rostro en mi trasero.

Sus manos fueron a mis nalgas, con los dedos extendidos él me las abrió más.

Grité en estado de shock en el momento en que su lengua golpeó mi culo.

Pequeñas vueltas.

Me encontré sonando al mismo ritmo que él con su lengua:

"Uh, uh, uh, uh ..."

El sentimiento fue increíble.

Nunca había sentido algo así.

Me balanceé contra su boca.

Mis manos se extendieron y se aferraron a la mesa.

Los papeles se deslizaron debajo de mis brazos agitados y se arrugaron entre mis dedos.

Una mano dejó mi trasero para pasar entre mis piernas.

Su pulgar, creo que era su pulgar, sumergido en mi coño mojado y luego hasta mi clítoris.

Rodeó la protuberancia hinchada al mismo tiempo que con la lengua presionaba contra mi ano.

Sentí que el ano apretado se relajaba ante el insistente empuje de su lengua.

La lengua.

El pulgar en mi clítoris.

Sucumbí

Mi boca presionó la madera.

Lloré con ruidos de animales, sin palabras, chillidos y gruñidos.

"Uh, uh, uh, eeeeee", sentí que mi ano se contraía en su lengua.

Su pulgar dio un último golpe en mi clítoris y luego sus dedos bajaron para sumergirse en mi coño.

Monté el orgasmo en su mano, contrayéndolo en sus dedos.

Agotada, me deslicé hacia adelante, tirando más papeles sobre el suelo mientras colapsé con mi torso sobre su escritorio.

Mientras yacía así, extendida sobre su escritorio, se puso detrás de mí.

Sentí la presión de su erección acurrucada entre mis nalgas.

La sensación de su polla dura allí mismo me hizo recordar la apuesta aún por pagar y me tensé.

# CAPÍTULO VIII

Pasó una mano por mi espalda ahora rígida, a lo largo de la columna vertebral.

"Relájate", dijo mientras se movía lentamente por la protuberancia de mi columna vertebral.

No pude relajarme.

Todo lo que podía pensar era en el tamaño de su polla y el tamaño de mi ano, lo que me hizo estremecer.

Se inclinó sobre mí, su boca en la base de mi cuello y murmuró:

"Está bien. No te lastimaré. Nunca te lastimaría".

Permanecí rígida, sin hablar mientras su mano seguía acariciando la longitud de mi espalda.

Todavía llevaba mi sostén.

Se detuvo en las correas para mover el broche.

Cuando las correas se abrieron, acercó sus manos a mis hombros, con un suave apretón me levantó para ponerme de pie.

Tomándome con fuerza, me empujó contra él.

El sujetador se soltó cuando me incorporé y él movió sus manos para ahuecar mis pechos.

Sus pulgares recorrieron las puntas endurecidas de mis pezones.

Él seguía completamente vestido.

La hebilla de su cinturón se sentía fría en mi espalda baja.

Giró sus caderas hacia mí, empujando su polla en círculos lentos contra mi trasero.

La tensión que se apoderó de mi cuerpo disminuyó lentamente mientras su boca bajaba por mi cuello.

"Tan hermosa", murmuró.

Bajó una mano para ahuecar mi coño, curvando sus dedos entre los labios húmedos, sumergiendo brevemente las puntas de dos de sus dedos dentro.

Me puse de puntillas para darle más acceso, inclinándome hacia adelante, confiando en él para sostenerme.

"Sí", dijo, pellizcando el pezón de mi seno izquierdo, una sensación increíble recorriendo mi cuerpo.

"Inclínate", dijo mientras sus dedos dejaban mi coño y se posaban en mi espalda baja.

Me empujó suavemente hacia adelante hasta que mis caderas tocaron el borde del escritorio.

Me relajé, dejando que me colocara donde lo necesitaba.

Lo sentí caer de rodillas de nuevo.

Sus manos recorrieron mis muslos internos hasta que sus pulgares descansaron contra la hendidura de mi coño.

Deslizó un pulgar y luego el otro adentro.

Esperé a que empujara más, pero no lo hizo, y en su lugar deslizó los pulgares mojados entre mi culo y la entrada.

Rodeó con los pulgares húmedos alrededor del agujero sensible.

Empujé hacia atrás y la presión aumentó hasta que el pulgar se deslizó dentro del anillo muscular.

Jadeé por la invasión, pero no protesté.

Jugó, empujando uno y luego el otro pulgar adentro.

Quería más, mucho más.

La presión fugaz no era suficiente.

Yo quería estar llena.

Comencé a hablar, "Jeremy por ..." y luego contuve las palabras.

"¿Qué cariño?, ¿qué quieres?"

No respondí.

Llevé el brazo donde había descansado mi frente hasta mi boca y mordí la carne.

Continuó las pequeñas embestidas burlonas en mi ano.

Empujé hacia atrás, mi cuerpo le pedía más.

"Dilo", dijo y supe que no me daría más sino decía las palabras.

Me resistí, meciéndome hacia adelante.

Mi hueso púbico golpeó el borde del escritorio y me di cuenta de que, si me arrastraba un poco, podría llegar.

Moví mis caderas, pero él, como si intuyera mi plan, agarró mis caderas, obligándome a permanecer quieta.

En ese mismo momento, bajó la cabeza entre mis muslos y se acercó para dar una larga chupada de mi raja.

Gruñí y luego, cuando su lengua continuó volviendo a mi culo, jadeé.

Su boca salió de mi trasero y balanceé mis caderas hacia atrás para que siguiera.

Me agarró de nuevo y dijo:

"Dímelo".

Dejé que mi cuerpo gritara mientras mi mente todavía se negaba.

Se puso de pie y levanté la cabeza del escritorio mirando por encima del hombro.

Había envainado su polla en un condón en algún momento, sus pantalones estaban abiertos sobre sus caderas y su polla cubierta de látex se balanceaba gruesa y dura.

Observé con los ojos muy abiertos mientras él acariciaba sus manos resbaladizas por su erección.

Con las palabras atrapadas en mi garganta, él se adelantó y presionó la cabeza ancha y resbaladiza de su pene contra mi ano.

Él sacudió sus caderas empujando la punta muy ligeramente en mi trasero.

Esperé el estiramiento, la zambullida, pero él no se movió más.

Lo miré, encontrando ojos azules con determinación.

"Dime, por favor", jadeé, "¿me quieres?"

"Joder, sí", gruñó, "quiero follar tu terco trasero".

Fue suficiente.

Suficiente que cedí.

"Tómalo. Tómalo, por favor, Jeremy, tómame".

Se balanceó hacia adelante, lentamente, muy lentamente empujando la cabeza de su polla en mi trasero.

Jadeé en el proceso.

En la picazón.

Estaba a punto de decirle que no más cuando con un resbaladizo pop se deslizó a través del apretado anillo de músculos con lo que disminuyó el dolor.

Extendió una mano en mi espalda baja mientras se mecía adentro de mí.

Saboreé la sensación de plenitud, sorprendida de lo bien que se sentía.

Estaba acostumbrándome a la lenta sensación de balanceo cuando él agarró mis caderas y comenzó a empujar.

Él empujó su longitud completa dentro y fuera de mí.

La hebilla de su cinturón sonaba cada vez que tocaba fondo.

Cada empuje llevaba la raíz de mi clítoris contra el escritorio.

Sentí un orgasmo creciente.

Me apreté con anticipación y escuché su gemido mientras lo hacía.

Lo hizo otra vez.

Con cada empuje, apretaba mi trasero con fuerza alrededor de su polla solo para escucharlo gemir.

Me golpeó con fuerza, estaba tan concentrado en sincronizar mis apretones con sus empujes que el orgasmo vino sobre mí casi sin previo aviso.

Jadeé, me eché hacia atrás y sentí la extraña y sorprendente sensación de mi trasero contraerse en el orgasmo alrededor de su polla.

Él gruñó, empujó y se detuvo cuando mis músculos se estremecieron alrededor de su longitud.

Cuando mi orgasmo disminuyó, comenzó de nuevo.

Sin ritmo empujó.

Jodida corta y luego larga.

Profundo y luego poco profundo.

Hasta que, con un gemido gutural, gritó:

"Me corrooooo".

Se desplomó sobre mí y me presionó contra el escritorio.

Salpicó besos a lo largo de mi cuello y mi omóplato, deteniéndose de vez en cuando para lamer el sudor de mi piel.

Me quedé quieta, disfrutando el peso de él sobre mí.

Me quedé allí en el escritorio, desnuda y con las piernas abiertas mientras él se levantaba, se deshacía del condón y se enderezaba la ropa.

Solo cuando estaba sentado en su escritorio finalmente me puse de pie.

Tenía un pedazo de papel pegado a mi seno izquierdo.

Había pasado de lo sublime a lo ridículo.

Lo despegué, se lo tendí y le dije:

"Espero que eso no sea importante".

Me lo quitó con una sonrisa.

Primero busqué mis bragas y luego, al darme cuenta de que estaban en dos partes, simplemente me coloqué la falda aplastada.

La cremallera solo subió hasta la mitad, rota en la parte superior.

Mi blusa tampoco estaba genial, dos botones habían desaparecido y se abría delante de mis senos.

Mientras miraba en cómo había quedado mi desastroso atuendo, Jeremy se había levantado de su escritorio y recogió su chaqueta del traje.

Me la entregó y me la puse.

Me llegaba hasta la mitad del muslo cubriendo la mayor parte del daño.

Mientras me enrollaba las mangas demasiado largas, Jeremy se sentó de nuevo en el escritorio frente a mí.

"Entonces", dijo, de repente no parecía tan seguro de sí mismo.

"Entonces," dije de nuevo.

"No quiero esperar otros diez meses para esto".

Mi boca se abrió un poco.

La cerré e intenté encontrar alguna forma de responder.

"Nancy, querida, eres la mujer más testaruda y torpe que he conocido".

¡Enfurecida, encontré fácilmente palabras para responder eso!

Abrí la boca para escupir algunas verdades caseras sobre él cuando extendió la mano y me puso un dedo en los labios, silenciosamente.

"Me quieres. Te quiero. ¡Demonios, lo admitiré! Más que quererte. Me gustas. Cada terquedad de ti. Vamos a intentarlo".

Cuando dijo las palabras, supe que era lo que yo quería.

Lo que realmente quería.

"¿En serio? Hablas en serio", susurré.

"Puedes apostar tu dulce trasero", dijo tirando de mí hacia adelante para tomar mi boca en un beso de fusión pasional.

"Sí", murmuré contra sus labios.

"Finalmente lo reconociste", dijo, besándome fuerte una vez más.

# FIN